ファン文庫

ヨナラ坂の美容院

空

マイナビ出版

目次

失恋美容院の噂 5
別れは悲しいだけじゃなく 31
恋はするものじゃなくって落ちるもの 55
背中を押したらまた歩き出せる 85
迷惑かけない恋はない 109
号泣するにはまだ早い 137
当たって砕けても死にはしない 157
想い出は色あせることはなく 181
それでも明日はやってくる 205
エピローグ ～夏の向こう側～ 224
あとがき 234

イラスト…米田絵理

失恋美容院の噂

海の匂いがする。

今年の梅雨入りはまだ天気予報でも発表されていない。それでも雨が近いと、いつもよりも強く海の匂いを感じることがある。

寄せては返す波のあとに、泡が砂浜に残って、それが染み込んでいくのが見える。あたしはそれをぼんやりと眺めながら、アスファルトで舗装された海岸沿いの歩道を歩いていた。ときおり、車道をバスが通っていく。

この辺り一帯は近畿地方でも名の知れた高級住宅地で、建ち並ぶ民家はどれも、びっくりするほど大きい。

真夏になったらお金持ちの大学生が海にクルーザーを出しているのをよく見かける。どこにだってお金持ちっているんだなあとは、浜辺を見るたびに浮かぶ感想だ。

そんな高級住宅地の一画、緩やかな坂を上った先に、その店は存在していた。

あたしはスマホを確認する。

「ここかあ……」

【coeur brise】

クール・ブリゼって読んで、意味はフランス語で『失恋』なんていう、不穏当極まりない名前らしい。

ずっと前に親友の菫(すみれ)から聞いてメモっておいた店の名前を確認してから、あたしはスマホをスカートのポケットに突っ込んだ。

まっ白な外装の店だった。よく言う「海の見える場所で、まっ白な家に住みたい」っていう、その理想を形にしたような建物。まっ白な外観の中で木製のプレートだけが【OPEN】と、金色の文字を光らせていた。

『失恋』を名乗るこの店には、ちょっとした噂が存在していた。

「そこはね、失恋した女の子が行くと、失恋エピソードと引き換えに、タダで髪を切ってくれるんだって」

菫が教えてくれた話。

そのときはスマホにメモを取るだけ取っておいて忘れていた。でもにっちもさっちもいかなくなってしまったとき、ふと思い出したのだ。それで藁にもすがる思いでそこに足を運んだ次第だ。

今月はスマホ代がやばく、お母さんに怒られてお小遣いを止められてしまった。でも髪は切りたいし服は買いたいし遊びにだって行きたい。

せめて美容院代くらい浮かせようと思って、家とも学校とも方角がちがう、普段は滅多に来ない高級住宅地にまで、こうして休日にやってきたのだ。

ドアの前に立つと、あたしは目をごしごしとこすった。これでちょっとは涙目っぽくなってくれるといいけれど。あたしは息を吸って、それをゆっくりと吐きながらドアノブに手を伸ばす。

カランカランといういい音を立てて、ドアは開いた。鼻をくすぐるのはハーブ系のシャンプーの匂い。流れてくる音楽は、有線のジャズみたいだった。

「いらっしゃい」

穏やかな声が聞こえた。あたしは声の方に目を向ける。

――美容師さんって皆細っこいし、ひょろりとした体型をしてるよね。なにを食べてあんな体型を維持できるんだろう。なにも食べてない訳ではないと思うんだけど。

とにかく、そんなイメージそのものの『美容師さん』が立っていた。

うちのお父さんが四十五歳だけど、それよりは若い感じ。四十代前半？とも思うけど、あたしは人の年齢をうまく当てることができない。

緩いウェーブのかかった髪を後ろでひとつにまとめ、腰にはハサミや櫛が入れられた、ポケットのいっぱいついた濃紺のショートエプロンを巻いている。袖を捲りあげた淡い黄色のシャツにデニムのパンツが、より一層スリムな印象を際立たせている。

少し垂れ気味な目といい、優しげな声といい、穏やかって言葉をそのまんま体現したような人が、あたしを見て首を傾げる。途端にしゃらんと小さな音がするけれど、それがなんの音だかわからなかった。

「はじめての人……かな？」

「あ、こ、こんにちは……！」

我に返って、あたしはペコリ、と頭を下げる。

店内をちらっと見る。ちょうどお客さんはいないようだ。

カットの席は三つ。シャンプー台はふたつ。ここまでは定番かな。

待合席は狭く、マガジンラックに並んでいるのも、定番の女性誌ではなく英文のペーパーバックだった。読めない……英文なんて読める人、そんなにいないと思うんだけどなあ。

あたしがそわそわきょろきょろと店を見回しているのを見ながら、美容師さんはにこにこと笑った。

「お名前を伺ってもいいかな？」

そこであたしは、ようやく美容師さんが受付用紙のようなものを持っていることに気がついた。

「あ、小林(こばやし)です。小林葵(あおい)っ」

反射的に答えてしまい、あっと思う。名乗っちゃってよかったのかな……。

「今日はどうしますか？」

「あの……あたし、この、間。フラれたばっかりで……」

思い出せ思い出せ。とは思っても、悲しい思いっていうのをあたしは案外したことがない。恋愛に関しては特に、だ。

だってあたしは失恋どころか、好きな人さえ、まだいたことがないんだから。

恋愛っていうのはマンガやSNSの世界の中だけ。自分にはそういうものが降って来るなんてまったく思ったこともないんだから。

仕方なく、前に観て泣いたアニメ映画を思い浮かべて悲しい気持ちを盛りあげながら、口から出まかせの失恋話を語ってみる。

「えっと……学校の先輩に告白して、OKもらったんですけど、実は先輩には彼女が……」

美容師さんは「うんうん」と言って微笑んでいる。

よっし、タダで髪を切ってもらえる……！　そう思って自然と心が弾みそうになった、そのときだった。

「おい」

ぶっきらぼうに声をかけられて、あたしは思わず振り返った。

モップを持って掃除をしている人だ。年はあたしよりちょっと上くらいで、大学生ってところかな。Tシャツにジーンズで、美容師さんと同じエプロンを巻いている。

一見すると美容師さんと大差ない服装なのに、雰囲気が全然ちがう。はっきり言って目つきはものすごく悪く、おっかない。

……ここのバイトなのかな。あたしは思わずつくり笑いを浮かべる。

「な、なんですか？」

「お前、適当なこと言ってるだろ」

う……。単刀直入な言葉が突き刺さる。……笑顔笑顔。あたしはつくり笑いのまま、抵抗してみることにした。

「なんでそんなこと言うんですか、ひどい」

「はあ……最近多いんだよ。うちの噂を聞いて、雑誌やネットあたりからパクッてきたようなお涙頂戴エピソードで、タダで髪を切ってもらおうとする奴」

バイトの兄ちゃんが溜息交じりに語る言葉に、思わずあたしは口ごもる。

やっぱり皆考えることは一緒か……。だって髪切ってもらうのお金かかるし。でも、当たり前だけど自分で切るより美容師さんに頼んだ方が絶対に綺麗になるし。

あたしが黙り込んでいると、兄ちゃんは胡散臭いものを見る目で、なおも畳みかける。

「別にうちだって慈善事業じゃねえんだから、そんな客ばっか来たら商売あがったりなんだよ。ひやかしだったら帰れ帰れ」

「そ、そんな……ひどい」

「ひどくねえよ。嘘ついてタダで髪切ってもらおうなんて、どういう了見だよ」

この兄ちゃん手強いっ……！

あたしは助けを求めるように美容師さんの方をちらちらと見る。

なんとか「あ、あの、あたし失恋しましたよ」的なアピールをしてみたものの、その人は穏やかな表情のまま、穏やかな声であっさりと言い放った。

「うん、たしかに嘘だね。失恋したばかりのわりには、元気だものねえ」

柔らかい言葉でそう言われてしまったら、こちらもそれ以上の言い訳が思いつかない。

美容師さんの穏やかな声は、今度は兄ちゃんに向けられた。

「でも高山くんもだめだよ、女の子にいきなり喧嘩売るようなこと言っちゃ」

「先生……あなた甘過ぎますって。こういう客を一度許しちゃったら、噂が噂を呼んで、嘘つきだらけになってしまいますって、うちの客。常連さんに失礼でしょうが」

『先生』？　美容師さんを『先生』って呼ぶのは珍しい。この『高山くん』と呼ばれた兄ちゃんは、案外真面目な人なのかしら……。

「うん、それもわかっているよ。じゃあそういう訳だけれど、お嬢さんはどうしようか」

「ええっと……」

『高山くん』が面倒くさげに、モップを片手に腰に手を当て、隣で待っているのも気にせず、『先生』の方は、ただただ目を細めて笑っている。

あたしが嘘ついたことすら楽しんでいるような雰囲気。

うう……騙す方より騙される方が悪いとも言うけれど。

あたしは美容院代タダにしたいっていう自分のみみっちさが途端に恥ずかしくなって、思わず頭を下げてしまった。

「ごめんなさい……っ、嘘つきました……っ!!」

「ほら見ろ」

「こら、高山くん。……まあ、うん、そういうお客さんが来ることも覚悟はしているからねえ。いまはネットにでも情報が出れば、あっという間に拡散してしまうような時代だから。でもまあ、そういう人は素振りでだいたいわかっちゃうけどねえ」

「ええっと、髪切るのは諦めますけど……質問いいですか？」

「うっさい。営業妨害だからさっさと帰れ」

「こら、高山くん。口が悪いよ。お嬢さんなにかな？」

　この高山って人はとことん口が悪いけれど、先生は話を聞いてくれる態勢になっているのがすごい。……高山さんはともかく、先生からは穏やか光線が出てるから、こんなに罪悪感を感じるんだもんなあ。

　あたしは首を傾げつつ、口を開いた。

「ええっと……もし失恋したら、本当にタダで髪を切ってくれるんですか？」

「うん、そうだねえ」

「ああーっ、先生。いいんですか、このちんくしゃ、それを言ったら仲間連れてまたタダで髪切れとか言ってきますよっ!?」

　誰がちんくしゃだコノヤロー。

　そう思ったものの、自分がしようとしたことを考えたらそりゃ高山さんが腹を立てるのも当然だ。

　あたしはむっとする気持ちをどうにか堪えて、先生の方を見た。

　先生は穏やかに穏やかに笑っている。

「でも、傷ついている女性がいたら、優しくするのは当然だよね？」

　当たり前のように答える先生。

　なんだか狐につままれたような気分だなあ。それはともかく、あたしが髪をタダで切ってもらえないのは確定な訳で。

自分で定期的に切るだけの髪は、切り口はガタガタで伸び方もボサボサ、もう髪型の整えようもない。いまもまた不揃いに伸びはじめている髪を指で弄(もてあそ)びながら、あたしはがっくりとうなだれる。

けれど高山さんは容赦なんかしてくれない。

「さあ、先生は質問に答えたろ。営業妨害だからさっさと帰れ」

「こらこら高山くん、女の子にそんな言葉遣いは駄目だよ？」

「先生ー、いっつも女だからって優しいこと言うから、こいつら調子に乗るんすよ。いい加減自覚してくださいよ」

モップを肩にかけてギャーギャー言う高山さんにも、先生は全然態度を変えない。

ここにいても髪を切ってもらえないんだし、先生と高山さんのやりとりを見ているのもいたたまれないから、そろそろ帰ろうかなあ、そう思った途端。

ドアがカランカランという音を立てて開き、外のむわりとした湿気と潮の匂いと一緒に、誰かが入ってきた。

「あの……」

「はい、いらっしゃいませ」

先生が穏やかに声をかけると、入ってきた女の人がちょっとだけたじろいだ。

清楚という言葉をそのまま形にしたような人で、思わず見惚(みと)れてしまう。

長い髪はまっ黒でつやつやしていて、それをバレッタでハーフアップにしている。

さらりと着こなした水色の膝下丈のワンピースも、たしか雑誌で見た有名ブランドのものだと思う。その上に、多分、冷房避け兼日差し避けだろう白いカーディガンを羽織っている。髪型といい、ブランド物の服といい、育ちがよさそうな印象が漂う。

でも。化粧っ気のない目元は、腫れぼったくむくんでしまっていた。これって……。

先生もそれに気づいたのか、穏やか光線がいっそう強くなった気がした。それなのにあたしは、不躾にもまじまじとその目元に見入ってしまった。

そんなあたしの頭を高山さんはポコッと小突いて、「そこ座っとけ」と、待合席をくいっと指差した。

自分でも邪魔になるよなあと思っていたあたしは、そちらに移動する。それでも、先生と女の人のやりとりは目に入るし声も聞こえるし、なんとなく気まずい。本当なら遠慮して帰った方がいいに決まってるのだけれど、どうしても好奇心が勝ってしまう。

先生はゆったりとした雰囲気のまま、清楚な女の人のところに寄って行った。

「はじめての方ですね。どういたしましょうか？」

「髪を……切りたくって。その、はじめてなんですけれど、肩までばっさりと」

え、もったいない。思わず声が出そうになったけれど、しっかりと高山さんに睨まれてしまったので、慌てて手で押さえて口を閉じた。

先生は緩やかに笑うと、女の人をシャンプー台まで連れていく。

「うちの〝噂〟をお聞きになって、いらしてくださったんですね？」

「はい、あの……友達から……」

先生は何度か頷きながら、その人に問いかけた。

「それではシャンプーをはじめますので、その間にあなたの話を、お聞かせくださいますか？」

パチンと音を立ててバレッタが外されると、髪は波打って背中まで流れる。タオルと防水ケープで準備を整えて、椅子を倒すと、柔らかな水音が響き出す。

女の人は淡々と話をはじめた。


「ほら、カプチーノ」

先生と女の人のやりとりに呆気に取られていたあたしは、急に漂ってきたコーヒーの香りで我に返った。顔をあげると、高山さんがあたしに湯気の立つマグカップを差し出している。

「うわあ……ありがとうございます」

「ここ、冷房効いてるから」

「あ、はい」

あたしはマグカップを両手で持って、ふうふうと息を吹きかけつつ、女の人をシャンプーする先生の方を見た。

隣では高山さんもまた、モップを手にしたままシャンプーの様子を窺っている。

「いつもこんな感じなんですか？」

なんとはなしに、小声で聞いてみる。

「どこの美容院だってやってるだろ。カウンセリングして、髪型や切る量、染めるんだったらどんな色かって。あれの延長線上、みたいなもんだよ」

「美容師さんと話はしますけど、あれってカウンセリングだったんですか……意識なんてしてませんでした」

カウンセリングといったら、病院を連想していた。

あたしの言葉に、高山さんは呆れた顔をしてみせた。あたしはマグカップのカプチーノに口をつけた。あっつ。唇が火傷したのを舐めていたら、また自然と女の人の話が耳に入ってきた。

＊＊＊＊

今、音大に通っているんです。専攻はピアノです。

すごいって言われましても……小さい頃からずっとピアノをやっていましたから。

でもピアニストって呼ばれるような選ばれた人っていうのは、音大に通うだけじゃだめなんです。

学費もかなり高額ですし、楽器だって、個人的にレッスンできる環境を維持するのだってお金が必要です。そのうえアマチュアの間は遠征費も発表会の衣装代も……って、お金ばかりかかってしまって。

才能があるかどうかというのとはまったく別の問題というか……。

世知辛いですか？　そうですね……今度も発表会があるんですが、遠征費や衣装代が結構かかってしまいました。海外遠征がある人はもっと大変なんですが。でも、うちの学校ではそれが当たり前なので、そういうものなんだと思っていますけど。

強いて言うなら、そんな選ばれた人たちっていうのは本当に雲上人みたいな人で、住む世界がちがうんだなあと感じているところはあります。

同じ学科で同じ専攻でも、全然ちがう生き物を見るような目で見てしまいますね。世界がちがうんだな、って。

私自身は、せっかくここまでピアノを続けてきたのだから、ピアノ教室の先生になって、それで子供たちに教えられたらいいなって、そう思っています。……あ、話が脱線してますね。

本当にたまたま、必修授業で隣同士になった人がいたんです。びっくりしましたね。たしかに音大の学生って、一般的な大学生とはちがった独特の雰囲気を持ってる人も多いんですけど、それとはまた別の、見た目から育ちのよさを感じさせる人と出会ったのは、彼がはじめてでした。

独特の雰囲気と育ちのよさは別、ですか……。そうですねえ……なんて言うんでしょうか……才能も家柄も両方備えていて、でもそれを過剰にアピールしないような、男の人ですけど奥ゆかしい、そういうタイプの人です。

たまたま彼が筆記用具を忘れてきて、私がシャーペンを貸したのが出会いでした。師事してる教授が同じだったので、授業も一緒でしたし、先生に見てもらう個人レッスンでも前後になる機会が多くなったんです。

はじめて彼のピアノを聞いたとき、私は心臓が止まったような気がしました。

これでも、発表会にはそれなりに出て、学生が弾くピアノはさんざん聞いてきたとは思いますけれど、あんなに鮮やかなピアノの音色ははじめて聞きました。

たしかにプロならあれくらい弾けるのが当たり前なのかもしれませんが、アマチュアのうちからあんな演奏をできる人は滅多にいません。それほど心を震わされた演奏だったんです。

その演奏に感動してから、彼にピアノを習うことが増えました。同じ先生のレッスンを受けている者同士として、彼から教わるのは自然なことだったと思います。

一緒にピアノの話をして、試験勉強をして、課題を提出して。

それはだんだんピアノや音楽や、学校の中のことだけじゃなくて、人気のカフェに行ってみたり、買い物したり、映画を観に行ったり、互いの家に遊びに行き来するようになりました。

傍(はた)から見たら付き合っているように見えたかもしれませんが、どうなんでしょうね。

私も彼も、一度も告白はしなかったんです。私も弱虫でしたから、一度も自分の気持ちを言ったことはなかったんです。

知れば知るほど、一緒にいればいるほど、彼とは住む世界がちがうんだなと思い知らされましたから。

彼は世界を舞台にピアノを弾けるようになりたいと思っていましたし、それを嫌味なく口にできる人でした。子供みたいな夢物語なんかじゃなくて、それを実現させられるだけの力が彼にはあることもわかってました。

だからこそ私には、あの人は眩しすぎましたね。

彼はいつも私のそばで、大きな夢を語ってくれました。彼は本気で私と彼の世界は同じだって思っていたんです。

そこにはもちろん悪気なんかなかった。わかっていても、一緒にいればいるほど、私と彼とは世界がちがうと思い知らされてしまうんです。

……まともな告白もないまま、二年近くずっと一緒にいましたが、本当に苦しかったですね。知れば知るほど、遠くに感じて、近づけないって思い知らされるっていう感覚は、はじめて知りました。

彼、留学が決まったんです。フランスに。

ついてきてほしいと言ってくれましたが……彼に誘われた日とまったく同じ日に、彼のご両親に呼ばれました。

彼には才能があるから、どうか彼を解放してくれと。

ずっと悩みましたが、私は彼に「一緒にフランスには行けない」と伝えました。

ご両親に頭を下げられたからとか、彼には才能があるから私と一緒にいない方がいいとか、そんな綺麗な話だったらよかったんですけれどね。もちろん、そんな余裕はないっていう、現実的な問題でもそれならそれで言い訳になりました。でも……。

今まで、好きになってよかったっていう恋しかしたことはありませんでしたが、彼に会ってはじめて思い知ったんです。

好きにならなきゃよかった……って。

身の丈に合わない世界を知ってしまうと、自分が劣等感に押し潰されてしまうんだっていう、そんな気持ちがあるって、はじめて知りました。

……彼は私に知らない世界を見せてくれた、素敵な人でした。だけどそれは、自分の置かれている現実も見せつけられてしまうことでした。それが私には苦しかったんです。

好きだったはずなのに、自分の身勝手な劣等感で、あの人を好きだった気持ちも否定してしまいそうで。

だから、早く変わらなきゃって、そう思ったんです。

彼には私なんかにかまわずに、幸せになってほしい。夢を叶えてほしいんです。

……私は、私の幸せを見つけるから。

＊＊＊＊

シャワーの水音と、柔らかいシャンプーの香りと一緒に聞こえた話は、溜息でもついてしまいそうなほどに、にがくて苦しい話だった。

思わずポカンと口を開けっぱなしにするあたしの頭を、ペチッと高山さんが軽く叩いた。

……ほんっとうに失礼だな、この人。

「んな顔すんな。失恋してうちに来るお客さんは、だいたいああいう感じだ」

高山さんはあたしにだけ聞こえるくらいのボリュームでそろっとあたしにそう言った。

でもあたしは思わずしぶい顔をする。

「……大げさ過ぎません？　だって」

「あー、やっぱりなあ、お前」

「なんですか」

「人のこと、好きになったことないだろ」

「し、失礼ですよっ、馬鹿にしないでください、あたしだって恋のひとつやふたつは……そういうあなただって、デリカシーなさ過ぎて、恋愛したことあるんですかねっ⁉」

「ねえよ、してる暇もないし」

「ほらぁーっ」

「声が大きい」

「あだっ⁉」

　またも頭を小突かれた。

　あたしのオーバーリアクションを無視して、高山さんはそのまま、声を潜めて言葉を続ける。

「恋患いって言うだろ。恋っつうのは患ってるってことだよ」

「……なぞかけ、ですか？」

「んなもん謎でもなんでもねえだろ。それほど大きな感情だってこと！　患ってるなんて喩（たと）えられるくらいの感情が、行き場をなくしたら、誰だって苦しいんだっていう、そういう話だよ。だからうちの先生だって、こんなことをしてるんだ」

「はあ……」

　あたしにはやっぱりピンと来ない。

　思わずマグカップに唇をくっつけていたところで、ピタリとシャワーの音がやんだ。

　先生は女の人と一緒に鏡の前に移動すると、彼女を座らせてドライヤーをかける。横にある大型の機械は、たしかマイナスイオンを当てて髪をつやつやにするやつだ。

　その人の髪は本当に長くて綺麗だから、それを肩までばっさりっていうのはやっぱりあたしにはもったいなく思えてしまう。でも。

　残した感情をばっさりと切り捨てたいんだったら、それが妥当なのだろうか。

「ばっさり切りたいと仰っていましたが、発表会などには支障はありませんか？」

「いえ、髪の長さが重要なのではなく、演奏内容がすべてですから。もちろん、髪が長い方がドレス映えするというのはあるかもしれませんけれど」

「ドレスはどのような？」

「今度の発表会で着るのは、赤と黒のフラメンコ風の衣装なんです。『カルメン』の衣装って言えばわかりますか？」

「なるほど。それなら髪のボリュームも、もう少し梳(す)いて軽くしたほうが、あなたには似合うと思います」

「えっと……」

彼女は少しだけ考えたあと、ドライヤーの温風になびく髪を見て、意を決したように口を開いた。

「お願いします」

「わかりました。髪の色はどうしますか？」

「染めたことは一度もないんですけど、手入れってどうなんでしょうか？」

「もともとこれだけ長い髪を傷めることなく伸ばしていたんですから、このままのお手入れで十分です。ただ、染めたあとまた伸ばすんでしたら、根本から地色が出てきますから、定期的に染め続けないといけませんが」

「そうですね……今度の発表会が終わったら、髪を染める機会はもうないと思いますので。お願いします。どんな色にしたらいいと思いますか？」

「ちょっと待ってくださいね」

先生はドライヤーの手を止めると、丁寧にブラシでといてから、染色見本を持ってきた。

厚紙のシートに、まっ黒から茶髪・金髪まで染め分けられた毛髪がひと房ずつ、緩やかなグラデーションを描くように並べて貼りつけられて、その上には使う薬液の番号らしきものが書かれている。別枠には、バンドでもやってないとお目に書かれないような、赤や紫の見本もあった。

彼女はじっと目を伏せたあと、その中のひとつを指差した。ダークブラウン。彼女のもともとの髪色に近い、多分、染めたことがほとんどわからないような色だった。

「これでお願いします。これだったらドレスにも合うと思いますので」

「わかりました」

それから先生は彼女の長い長い髪にハサミを入れた。

頃合いを見計らって、高山さんは床ホウキを持ってカット台の周りの掃除をはじめた。普通ならカットの邪魔をしないよう、席を移るときなどにするものだと思うけれど、切り落とされていく髪の量があまりに多くて、彼女の足元を埋め尽くしてしまうほどだったからだろう。

やがて店に入ってきたときはまったく見えなかったうなじまで見えるようになり、彼女の髪は本当にすっきりしていた。

でも、なんでだろう。彼女の髪が少なくなればなるほどに、彼女の表情が明るくなっていくのだ。まるで重かった荷物を、髪と一緒に下ろしてしまったみたいに。

ひととおりカットを終えると、続けて先生は彼女の髪を丁寧に染めはじめた。ブロッキングして小分けにした髪に薬液を塗り、しばらくそのままで待つ。その間彼女は、先生とお話をして、ときには高山さんが手渡した本を読んでいる。

その彼女の様子は、さきほど悲愴な雰囲気で彼への思いを話していた人と同一人物とは思えない。

何十分か経って、先生が彼女をシャンプー台に移動させ、余分な薬液を洗い流したら、最後はまたカット台に戻ってブローとセット。

彼女が店に訪れてからずいぶんな時間が流れているはずなのに、あっと言う間にすべてが終わったかのような印象を残して、新しい髪型の彼女が鏡の前に座っていた。

「いかがですか?」

見開き型の鏡をかまえて後ろを映しながら、先生が彼女に問いかける。

「あ、あの……」

正面の鏡台の中で彼女は、驚いたように大きく目を見開いたままだ。

これがプロの仕事なんだと言われたらそれまでなんだけど、それにしてもあたしは茫然(ぼうぜん)としてしまった。できあがった髪型以上に、大きく変わった彼女の印象に。

最初にこの店のドアを開けたときの、打ちひしがれた表情の彼女はどこへ行ってしまったんだろう。

　もともと彼女は、整ってはいても生気が感じられない人形みたいな印象だった。でも髪を切った今、人形の清楚なイメージを残したまま、彼女の瞳には生き生きとした輝きが生まれている。すっきりと切り揃えられ、ワンランク明るくなった色の髪を揺らしながら、鏡の中で笑っているのだ。

「本当に……ありがとうございました」

「はい。これはお守り」

　最後に先生は彼女の手に、コロンとなにかを乗せた。それは黄色いキャンディだった。レモンキャンディ……だと思う。彼女はそれを受け取ると、財布を出そうとしたが、それはすぐに先生に押し留められた。

「〝噂〟を辿って来てくださったお客様ですから、伺ったお話と引き換えに、本日のお代は結構です。もしお気に召したのでしたら、ぜひまた当店にお越しください」

「あ、あの……本当に、本当にありがとうございます」

　彼女はどこまでもどこまでも清楚な雰囲気のまま、ぺこりと頭を下げると、店に入ってきたときよりもピンと伸びた背中で、颯爽と店を去っていった。

　あたしはそれを、ただただ呆気に取られたように見送るだけだった。

「先生って、本当にすごいですよね……これって正規の料金だったら、いったいいくらで……」

「お前なあ、そこかよ。……てか、見て満足しただろ。そろそろ帰れよ」

　先生が彼女を送り出している間に、床に残った彼女の髪を床ホウキで掃き集めていた高山さんに問いかけると、呆れたような声が返ってきた。あたしは待合席のテーブルにマグカップを置いて、高山さんに食い下がる。

「だって！　先生の腕前はすごいと思ったし、できあがった髪型も素敵だったけど、でも髪を切って染めただけでしょ。なのにあの人、気持ちまで変わっちゃったみたいな顔して帰っていったんだもん！　そんなすごいことしたのに、本当にタダなんて……」

「あ・の・なあ……」

高山さんは溜息をつくと、レジカウンターの裏から料金表を取り出して、あたしに「ほれ」と見せつけてきた。その値段を見て、あたしは思わずぎょっと目を見開く。

……そもそも嘘までついて髪を切ってもらおうとしたあたしだけど、お小遣いが丸々あっても支払える金額じゃない。と言うか、これって働いてる人以外、絶対無理だよ。

あたしが目を白黒させているのに、なおも高山さんは意地の悪いことを言う。

「わかったなら、さっさと帰れ」

「うう……」

「こらこらこらこら、高山くん。そこまで」

ようやく戻ってきた先生が、苦笑しながらパンパンと手を叩いた。

「今日はもう予約のお客様はいないし、さすがに僕が切るのはあれだけれど、高山くんが切ってあげればいいじゃないか」

「ええ……」

「ええ、俺っすか？　って、なんでお前が嫌がるんだよ!?」

たしかに、自分で切るよりは遥かにいいのかもしれない。でも、先生の腕前とあの女の人の変わりようを見てしまったあとだけに、この女心をカケラもわかってないような人が、あたしの髪に触るなんて……って、思ってしまった。

提案にしぶっているあたしに、先生は困ったように笑う。

「彼も僕の教え子だし、腕はいいんだよ。それに僕は失恋したお客さんじゃなかったら、さすがにタダで切ることはできないからなあ。その点、彼は美容学校の生徒でまだ見習いだし、彼の勉強の練習台になってくれたら嬉しいかなあ」

「えー……」

「彼もまだ学生でお金を取るわけにはいかないし、カットモデルっていうことで、こちらからお願いしたいくらいだよ。だめかな？」

なおも迷っていたのだけれど、先生がいい人そうだったのと、高山さんが本気でにがい顔をしているのを交互に見ているうちに、ピンッと閃いた。それがスルッと口をついて出る。

「ええっと、また遊びに来ていいですか？　遊びに来ていいんだったら、高山さんに髪切ってもらってもいいかなあと」

「お・ま・え・なあ！　営業妨害！」

「なんで高山さんが怒るんですかあー！」

「ああ、もう。俺は高山蛍。お前に苗字で呼ばれると据わりが悪いから、名前で呼べ」

なんだこの人。本当にデリカシーってもんがないな。でもまあ。あたしと高山さん……いや、蛍さん？とのやりとりに笑っている先生を見ていたら、なんだか妙に愉快な気分になってしまった。

「わーい、ありがとう蛍くんー」

「なんで苗字呼びからそこまで馴れ馴れしくなってんだよ⁉」

「苗字呼びすんなとかくん付けすんなとか、いろいろ勝手だな⁉」

「あははは……」

ずっと穏やかに笑顔を浮かべていただけの先生が、ついに声をあげて笑い出したから、あたしもつられておかしくなってきた。

「じゃあカットと、髪色もちょっと明るくしたいかな。あとパーマも！」

「ふざけんな！　切ってもらえるだけでもありがたく思えよ！」

蛍くんがブチブチと文句を言いながら、髪を切る準備をはじめる。

それがおかしくて、あたしと先生はまた顔を見合わせて笑ってしまった。

知らない大人と笑いあう自分を、変なのと思いながら、髪を切って少し涼しげになったあたしが、明日もこの店にやって来る姿を、なんとなく想像した。

別れは悲しいだけじゃなく

五時間目の授業は倫理。あたしはときどき下敷きをうちわ代わりにしてあおぎながら授業を受けていた。

選択教科だから皆が取っている訳じゃない。皆はテスト勉強する科目をひとつでも減らそうと、テストのない授業を選んでいたような気がするけれど、あたしは単純に面白そうと思ったから、この授業を取っていた。

「人間というものは、ストレスが溜まりはじめたら、以下の行動を取るようになります。精神的負荷を減らすための行動です。これらの行動は、防衛機制と呼ばれます」

先生が黒板にガリガリと書きはじめた内容を見ながら、あたしは頬杖をついたままゆっくりノートにそれらを書き写しはじめる。

「まずは投射。自分自身の中にある受け入れがたい感情を、自分が不快に思っている人が持っている感情だと認識することです。子供が事件を起こした場合、その話を聞いた第三者が〝子供の失敗は親のせい〟と言うことがありますよね、これも社会が悪いという認識から誰かのせいにするという形で認識をずらすことで、心を守っている防衛機制の一種です。次に……」

先生の説明を聞きながら板書をノートに写し、テストに出そうな部分をマーカーで塗り潰していたときだった。

「失恋したら女性は髪を切るというのを聞いたことはありませんか。これも防衛機制ですね。失恋で受けた心のダメージを、髪を切るという行為で落ち着けようとして……」

先生の言葉で、あたしは思わず目をパチンと瞬かせてしまった。

【coeur brise】でやっている、失恋した人の話を聞いて髪を切って、その人のなりたい自分になれるように促してあげるあのサービスって、まさにそれだ。

「……でもこれら防衛機制というのは決して悪いことではありません。心の健康を保とうとするための行動ですから、それらを見たとき、どうか笑わないであげてください」

どうしてあの店はそんなことを、しかもタダでしてあげてるんだろう。お金にならないのに。なんでだろう。

そのまま授業は、先生がドラマやマンガのワンシーンを例にして、それらが防衛機制のどれに該当するかという話題で進んでいった。あたしはそれをうわの空で聞きながら、あの店のことを考えていた。


あたしが【coeur brise】によく遊びに行くようになったのには、ふたつ理由がある。あのとき港(みなと)さん……『先生』から名刺をもらって、立花港(たちばなみなと)さんだとわかった……の腕がすごくよくて、いつかは髪を切ってもらいたいなあと思ったのがひとつ。

どうしてあんなサービスを提供しているのかがわからないから、興味が湧いたっていうのがもうひとつだ。

あと、失恋した人がどうしてあの店にやってくるのかっていうことへの興味も、混ざっているような気がする。

そんなことを考えながら、今日も海沿いの道を歩いて店に着くと、「いらっしゃい」と言う穏やかな港さんの笑顔と、「またお前かよ」と言う蛍くんの嫌そうな顔が出迎えてくれた。

「こんにちはー」

「いらっしゃい。まだ髪は伸びてないから、今日もカットではないんだね」

「あはは、まだひと月も経ってないですよ。もうちょっとお小遣い貯まったら髪切ってもらいますよぉ」

「か・え・れ。営業妨害だって。先生も、こいつ野放しにしていいんすか」

「いいよいいよ、将来はうちのお客さんになってくれるかもしれないし」

「先生、そんな甘いこと言うからこいつ調子に乗るんすよ⁉」

「いいじゃないか、何事も興味からはじまるんだから」

蛍くんはいつものように港さんに噛(か)みついているけれど、レジカウンターの中にいる港さんはマイペースで、スケッチブックになにかを描いていた。あたしは不思議に思いながら見守る。

「それ、なんですか？」

「うん。新しい髪型の提案、かな」

「えー、そういうのも考えるんですねえー」

「あのなあ……美容師なら当たり前だっつうの」

蛍くんは文句を言うし、人のことをすぐ小突くけれど、不思議と実力行使で追い返したりはしてこないのだ。口は悪いけど優しいんだろうなあと思いつつ、あたしは今日も蛍くんが淹れてくれたカプチーノをご馳走になっていた。

港さんのスケッチブックを覗いたら、肩までの長さの髪を無造作に遊ばせているような髪型が描かれていた。冒険しているってほどでもないけれど、無難というわけでもない絶妙なバランスで、あたしはそれをまじまじと眺めていた。

しゃらん。またかすかに音がして、きょろきょろ視線をさまよわせて気がついた。港さんの首元にチェーンがかかっていたのだ。それが港さんの動きに合わせて音を奏でている。

それに納得しつつ、またさっきの疑問が湧いてくる。港さんは、どうしてこの実力を無償でわざわざ提供してるんだろう？

無茶苦茶はやっている美容院だったら、いっつも席が埋まってて、髪を切ってもらうまでに一時間かかることだってざらなのに、この店はいつあたしが遊びに来ても、相手をしてもらえる余裕があるくらいの客の入りだ。もしかして、あまり繁盛してない……？

「ねえ、蛍くん」

「あんだよ」

あたしは掃除している蛍くんをちょいちょいと呼ぶと、蛍くんは嫌そうな顔をしながらもこちらに来てくれた。

「なんでこの店ってお金にならないことしてるの？」

港さんに聞こえないよう、あたしは小声で聞く。

「……金にならないことって？」

「うーんと、失恋したらタダで髪を切るっていうやつ。港さんの腕がもったいないと思うの。その分、お金払ってくれるお客さんをひとりでも多く切ったほうが儲かるのに、どうしてそんなことしてるのかなあと思って」

「ばあか」

「いだっ⁉」

途端に蛍くんはあたしにデコピンしてきた。

つくづくこの人、ほんっとうに失礼な人だな⁉　いやいやいやいや、あたしだってそんなに礼儀正しいってわけじゃないけどさあ、でもさあ。

あたしが涙目になっているのに、蛍くんは「はあ……」と大げさに溜息をつきながら、あたしを半眼（はんがん）で眺めてくる。

「そりゃ金は必要だし、営業妨害は俺も困るけど。金になることだけがそんなに大事な訳？」

「でもさあ……髪切るのだって本当はお金がいるじゃん？」

「あ・た・り・ま・え！　金がないんなら、自分で切りゃいいだろうが」

むう……あたしがなおも納得いかない顔をしていたら、クスクスと笑い声が聞こえてきた。

さっきまでずっとスケッチブックに向かっていた港さんが手を止めて、こちらの話を聞いて笑っていた。どのへんから聞こえていたんだろうか。途端にあたしは気まずくなって、視線を膝に落としてしまう。

あたしが謝るよりも先に、蛍くんが口を開いた。

「あー……すみません。先生。俺が余計なこと言って」

「いやいや、不思議がられることは多いしねえ、やっぱり。そういうことで取材に来る人もいたけど、さすがに断ったかなあ」

「えー、やっぱり取材とか来るんですね」

「そんなんイチイチ相手にしてたら、失恋したってでたらめ言うお前みたいな馬鹿がわんさかやってきて、うちの店マジで潰れるから迷惑。そんでもってお前もこのことネットにあげたりすんなよ」

「あげませんっ！　どんだけ信用ないんですかっ！」

「嘘ついてうちに来たのはどこの誰だか言ってみるんだな？」

「うーうーうーうー……っっ」

反論ができないのがただただ悔しいっ。自業自得と言われたらそれまでだけどっ！

まあネットの美容院クチコミサイトで、既に情報流れちゃってるし、その情報を仕入れた菫に聞けたから、あたしだってここに来られた訳だし……。

あたしがむくれて頬を膨らませていると、港さんはクスクス笑う。

「そうだねえ、葵ちゃんが心配するのはもっともかなあ。うちは普通の美容院だから、お客様の髪を切って代金をもらうことで成り立っている。でも、失恋したからうちに来てくれたのであれば、できる限り無料で、お相手はしたいと思ってるよ」

「えー……髪を切るっていうことで、ですか？」

「うん」

授業の内容が頭を掠める。失恋したら髪を切るっていうのは、女の人にとって心の防衛機制が働いた行動だっていうやつだ。あたしが納得のいかない顔をしていると、港さんは言葉を続ける。

「人っていうのはねえ、失恋したとき、皆が皆、はい次っていう風にはいかないんだよ」

「どうしてです？　だってそれって……失恋したってことは、前の恋は終わったんですよね？」

「うん、そうだね。恋はひとつ終わったんだろうね。でもね、葵ちゃん」

「はい」

港さんはにこにこと笑いながら、スケッチブックを閉じて、それをレジカウンターの手前の棚に差し込んだ。そして言葉を紡ぐ。

「終わった恋って、なかなか思い出に昇華できるものじゃないんだよ。もちろん、恋の痛手をすべて仕事や勉強、いろんなことに昇華してしまえる人はいるけれど、皆が皆、そこまで強い訳じゃないんだから」

そのときの港さんはあたしではなく、どこかもっと遠くを見ているように思えた。

ちょうど店から見える海のその向こうへ、目をこらしているような感じ。

「強くない人の心の傷が、ちょっとでも早く癒えるよう、そんな手伝いがしたいんだよ、僕は」

「はあ……」

港さんが見ていたなにかの正体がわからない間に、カランと音を立てて店のドアが開いた。

入ってきたのは、スラリとした女の子だった。夏なのに合皮のジャケットを羽織って、まっ赤な唇にはピアス。スキニーのデニムを穿いていると、いったい肉はどこに消えたんだろうと思うくらい、本当に華奢な体つきに見える。

なにより髪型。いったいどうなってるんだろう。髪は紫色に染まっていて、サイドを刈り上げて、トップを長く残したツーブロック風。それを中央に向けて集めてボリュームアップして、モヒカンっぽくしている。

背中に背負っているのはギターケースだ。

ここまでわかりやすくバンドをしているっていう子を見たことないなあ。パンクとかハードロックとかいろいろあるんだろうけれど、あたしはその方面には全然詳しくない。

あたしがじろじろ見ている間に、港さんはにこやかにその子に声をかけた。

「いらっしゃい。当店ははじめてですよね」

「あー……すみません、噂を聞いたもんで」

彼女はハスキー気味な声で対応する。もっと斜にかまえているのかと思いきや、こざっぱりした口調だ。港さんは「納得した」というように何度か頷きながら、ちらりとギターケースを見る。

「こちらは大切なものでしょう？　お預かりしてもかまいませんか？」

「ああ、お願いします」

「はい。高山くん、これ貴重品ケースに預かって」

「はーい」

港さんに言われ、蛍くんはギターケースを預かると、それをレジ近くの貴重品ケースにしまった。

その間に、港さんは彼女をシャンプー台へと連れていく。そのまま彼女を目で追っていると、今回もまたペチンと頭を叩かれた。

「ああん、もう！　ひどいっ！」

「ばーか、お前じろじろ見過ぎだろうが。お客さんに失礼っ」

「し、失礼になるほど見てないし！」

「いーや見てたね」

「見てないし！　……でもさあ、あんなバンドやってるような人も、失恋したら髪を切りたがるんだねえ。噂って、失恋サービスのことでしょ？」

あたしが思ったことを小声で口にすると、蛍くんは「はあ……」と溜息をついて、あたしの頭に触れた。また小突かれるのかと警戒していたのに、意外なほどに優しく頭を撫でられ、驚いたあたしは途方に暮れて蛍くんを見上げた。

「んなもん、人にもよるだろ。失恋したらやけ食いする場合だってあるし、ショックのあまり物に当たるような場合だってある。失恋の痛手が肥やしになりましたなんて話も、歌手や小説家がよく言ってるだろ」

「そう言えば、そうだよねえ……」

倫理の授業で習ったあれこれが、またも頭を過って(よぎって)いった。蛍くんはふん、と鼻を鳴らしている。

「ただまあ……デリケートになってるときには、誰にも触れてほしくない場合と、誰かに言いたくって仕方ない場合とあるってだけで」

「蛍くんもそんなことあるの？」

「そんなんは全部先生の受け売り。俺は残念ながらそういう経験はゼロな」

「ふうん……」

なら港さんは？

聞いてみたかったけれど、さすがにそこまで聞いちゃっていいのかなあと思って、そのひと言は喉の奥に引っ込めた。

嗅ぎ慣れた柔らかいシャンプーの匂いと一緒に、淡々と語る彼女のかすれた声が聞こえてきた。

前に来た女の人も、今やってきた女の子も。どうして人って自分の恋愛話を語るときは、高い声はより高く、低い声すらちょっと高くなるんだろう。

＊＊＊＊

あー……タダになるって、本当だったんですか。どっちみち、髪は切ろうと思ってたんで、嘘なら嘘でもいいやって思って来たんすけど。

あ、あたしの髪すっげえ面倒くせえでしょ。お任せしますよ。髪の色も。髪型も。

学校で怒られないか？　んー、あたしの通ってるのは定時制高校で、あたしみたいに高校生の年齢で通ってる奴の方が稀（まれ）っすからねえ。怒る人なんていやしませんよ。校則だってそこまで厳しくないんで。むしろゆるゆるというか。

まあ、学校だけじゃなくて普段から、わりと良識ある大人たちに囲まれているおかげで、「煙草も酒もハタチになってから」って、その手のことに近づいたら速攻で追い返されてますけどねえ。

ああ、話をすれば、いいんすよね？　えー、もちろんそれだけで髪切ってもらえるんだから、全然かまわないっすよ。

中学まではあたしも結構ヤンチャしてて、馬鹿丸出しだったんで、まともに学校行ってなかったんですよねえ。ずうっと、楽器屋に籠ってギター触ってました。

でもまあ、実際のギターってすっげえ高いじゃないですか。中学生のガキにはぜんぜん手が出せなくて。あそこのお兄さんにギター預けたじゃないっすか。あれも値段ヤバいっすよ。

で、まあ。値段があまりにアレだったもんですからバイトしてたんすよ。年ごまかしてね。そしたらまあバレちゃって、怒られた怒られた。呼び出し食らって、担任と教育指導の先生にボロックソに言われました。世の中クソっすね、本当。働きたい奴が働けなくって、働きたくない奴が働かされるって。

親に「大検でも定時制高校でもいいから、せめて高卒資格だけは絶対取れ」って言われて。それで今の高校に入学しました。

そこですっげえお節介な先生に出会ったんですよ。

まあ、その人最初はすっげえ頼りないし、全然先生っぽくないし。三十代前半くらいで、むしろ社会人やってる同級生のほうがよっぽどしっかりしてる感じで、どっちが先生か全然わかんなかったですねえ。

話を聞いてみたら、教員免許は取ったものの、採用試験に合格できなかったらしくって。慌ててあちこちの私立学校の教師の補充枠募集を受けまくって、ようやくうちの学校に受かったらしいっす。

本当に先生、すっごい情けない人なんですけど、笑うときだけはこう、わふわふって感じで人懐っこい感じがしましたね。犬みたいで……。

先生のわふわふした笑顔見たくって、真面目に学校に通うようになりましたねえ。あれって計算だったのかな、天然なのかな。全然わかりませんけど。

生徒がほとんど社会人ばっかりだし、同世代もいないから、部活やりたくってもできないんだってあたしがぼやいたら、その先生、高校時代にやってたとかで、軽音部つくって顧問やってくれたんですよね。

嬉しくってねえ。毎日ふたりで音楽やってました。先生はキーボードで、あたしのギターに合わせてくれましたね。音楽やってるときだけは、ちょーっとだけ格好よかったですねえ。本当に頼りない先生なのに。

一緒に曲つくって、先生がへったくそな歌詞を書いてくれるの。それを歌うの、楽しかったなあ……。

……ああ、全部過去形じゃないかって？

うん、過去っすよ。だって、先生。もうすぐ結婚するんで。

いやあ、あたしも先生に笑顔で「今度結婚するんだ」って言われるまで、まったく気づかなかったんですよね。あたし、先生のことが好きだったんだって。

先生、あたしが音楽に明け暮れてる間に、見合いしてたんですよねえ。先生もいい加減なとこがある人だから、このままじゃ一生結婚なんかできないだろうって、実は今までも親が見繕（みつくろ）った相手と何回も見合いさせられてたんだそうで。

どうせ乗り気じゃないんだから、そうそういい相手も見つからないって高を括ってたそうなんですけど。

そうしたら出会っちゃったらしいんですよねえ、先生。『理想の相手』に。

そもそも理想とかあったんだってことに、あたしゃまずびっくりでしたよ。

本当に気づかなかったんだなあって……。

そりゃねえ、あたしだってもし相手が同世代だったら、もうちょっと早く気づいてますって。

先生なんて、年離れてるじゃないっすか。

んでもってあたしは基本的に音楽以外興味なかったし、先生はそもそも生徒になんて興味ないんだろうし。

ただ音楽好きだから、一緒に部活やって、部員と顧問やってただけの仲で、なにが生まれるんすか。なんにも生まれないでしょ。

だから突然、先生から結婚するって言われたときに、はじめて気づいて。

頭をぶん殴られたような気がしたんですよねえ。ほんっとうに、ちっとも。自分の気持ちにも先生の様子にも、ちっとも気づかなかったんで。

でも、まあ、先生のおかげで、あたしも高校生活楽しかったですしね。

それにあたしも、高校卒業したら上京しようと思ってますから。

バイトしながら、音楽やるんす。ここで音楽やっててもスカウトの目もないから、東京でやるんす。

最後に先生が結婚する前に、音楽プレゼントしたいんすよ。先生がつくったへったくそな歌詞じゃなくって、あたしがちゃんと曲つくって、歌詞乗せて。

そのために、髪を切りたいんすよ。

ああ、あたし。辛気くさいの苦手なんで。先生はあたしが今の髪型やめたの見たら、なんでって聞くかもわかりませんけどねえ。あの人デリカシーのカケラもない人なんで。

辛気くさくならないよう、精一杯おめかしして、演奏して、それでおしまいっす。

＊＊＊＊

こざっぱりしているなという印象は、話を聞いたあとも変わらない。あんまり失恋したっていう印象がなかった。

でも。シャワーの音と一緒に聞こえてくる彼女の声は、言葉遣いとはちがってずいぶんと優しく聞こえた。

普段はいったいどんな歌を歌っている人なんだろう。見た目からしたら、どう見てもパンク。あたしが普段耳にしているのはJ－POPだから、どんなパンクがいいパンクなのかは想像もつかないけれど。

今の彼女の声だったら、優しいバラードを歌っていても、なんの違和感もないと思う。

「そうですか……でも、サイドが刈り上げてありますしねえ……モヒカンの部分に手を入れることになりますが、よろしいですか？」

「ああ、あたしも結構刈り上げてますもんねえ。いいっすよぉ、スキンヘッドとかでも嫌いな訳じゃないですし。思いっきりガーッとやっちゃってもあたしだったら似合うっしょ」

「さすがにスキンヘッドはやり過ぎかと……」

「そりゃそっか」

そう言って笑う彼女の声色からは、前に聞いた音大生のような痛々しさは微塵も感じない。

でもあたしとちがって嘘をついているようにも思えなかった。

あたしがポカンとシャンプー台を見ていると、蛍くんが軽くあたしの肩を小突く。

「んな顔であっち見てんじゃねえよ。そろそろ髪切るから、その顔やめろ」

「あ……ごめん。あたし変な顔してた？」

「おーおー。お前、〝心底理解できません〟みたいな顔してた」

「そんな」

「そのわかりやすい顔、どうにかしろ」

小声でそう注意されてしまい、あたしは思わずごまかすように空っぽになってしまったマグカップに口をつけた。これで表情は見えない、はず。

あたしがマグカップの縁にガブガブと噛みついているのを見ながら、蛍くんは「まあ」と潜めた声で言葉を付け加える。

「さっきも言ったろ。失恋なんて人それぞれなんだって。自分が失恋したって思えばなんだって失恋になるんだから。逆にまだ終わっちゃいないって言い張るんだったら、どんな見込みのない恋だって終わっちゃいないから失恋してねえんだよ」

「そんな……見込みのない恋なんて、不毛以外のなんなの」

あたしがキュポンッと音を立ててマグカップから口を離してそう言うと、蛍くんは「うんうん」と頷く。そのとき、シャワーの音が止まった。

そちらを見ると、港さんが彼女を連れて、カット台の方へ移動するところだった。

終わってないって言い張ったら終わらないってなに。不毛じゃない、そんなの。

蛍くんの言葉の意味が、あたしにはさっぱりわからなかった。

わからないまま、ドライヤーで彼女の髪を乾かしはじめた港さんの手を見た。

大きな骨ばった手は、女のあたしにはないもの。指が長いし、関節のごつごつした感じはやっぱり女にはない。

掌は大きいし、ときおり髪を乾かしながらマッサージするように頭皮を撫であげる仕草はすごくセクシーだ。美容師って、こんなに色っぽいんだなあと思い、普段の穏やかって言葉そのままの港さんとの対比に、あたしは見惚れてしまう。

「それじゃあ、本当にこのモヒカン、切ってもかまいませんね？」

洗髪して整髪料が取れたおかげで、まっ直ぐに下りた彼女の髪は、案外長くて驚いた。

「ほいーっす。全然問題ねえっす」

「そうですか。でもこの髪、結構傷んでますね。髪色はどうしましょうか。また紫に染めますか？　他の色に染めますか？」

「ギャハハハハハ……もう髪染めすぎて、マネキンのカツラみたいになってんすよねえ。キューティクル死んでるっつうか」

「うーん、髪を染めていても、ヘアケアしてたらここまで傷むこともあんまりないんですがねえ。金髪にもできますが、強いブリーチになるから頭皮が丈夫じゃないと痛いんだよねえ……」

「え、どんな色っすか？」

「こんな色になりますね」

そう言いながら港さんはドライヤーを一旦止め、見本を持ってきて、彼女に見せた。

「髪質にもよりますから、外国人みたいな金髪になるとは限りませんがねえ。もっと落ち着いたイメージにしたいんでしたら、もうちょっと明るめの茶色にするとか」

「んー……どうしよっかなあ」

彼女は港さんが差し出した色見本をさんざん吟味して悩んだあと、明るいオレンジ色に染めることに決めた。

モヒカンだった部分に港さんはハサミを入れて、ザクザクと切っていく。

もっと早く終わるのかと思ったらそうでもなくて、港さんの繊細な手の動きで、存外長かった髪が切り揃えられていく。

サイドの刈り上げを生かして、モヒカン風にまとめていたトップは、短い髪がフワフワと遊ぶ、ベリーショートに整えられた。まるで天使みたいだなあ……いつかCMかなにかで見たキューピッドみたいな印象だった。その髪に丁寧に薬剤を塗りつけていく。一時間ほど経ったら、きっと印象はずいぶんと変わるんだろうなあと想像がついた。

待っている間、彼女は目を閉じて、体を小刻みに動かしてリズムを刻んでいる。自分の音楽の世界に入り込んでいるようだ。港さんはそれを邪魔しないように、静かに片付けをしている。

あたしは読めもしない英語のペーパーバックを手に取り、なんとなくページをめくっていた。

そんな静かな時間が過ぎたあと、港さんが彼女の髪を一度洗って、ドライヤーをかけた。

「お待たせしました。できましたよ」

鏡を見た途端、彼女は「うっひょぉぉぉぉ……！」と叫んでいた。そしてニッコニッコと笑うのだ。

あの紫色のパンキッシュなイメージは鳴りを潜め、ポップで軽やかな雰囲気に変わった。彼女の白さも手伝ってまるで無垢な印象に変わってしまったのは、さすが、としか言えない。口元には相変わらずピアスがあるにもかかわらず、だ。

「ありがとうございます！　このニュースタイルで、先生の結婚祝いの新曲、渡してくるっす!!」

「それはよかったです」

「あたしを置いていくんだから、幸せにならないと許さないっす！　ありがとうございます！　ほんっとうにありがとうございます！」

彼女は港さんの手を取って、ブンブンブンと振ると、元気にあたしたちにまで手を振って出て行ってしまった。

その姿に、あたしは唖然としてしまう。

彼女が帰ったあと、散らばった髪の毛を黙って掃除している蛍くんに、あたしは「ねえ」と声をかけていた。蛍くんは無愛想な顔であたしの方に顔をあげる。

「んだよ。お前もそろそろ帰れよ」

「ちゃんと帰りますよーだ。……ねえ、失恋してここに来るお客さんの中には、他にも彼女みたいな人いるの」

「彼女って、さっきのバンド姉ちゃんみたいな？　見た目が？」

「うーんと、そうじゃなくて……失恋ってあそこまで笑って話せるのかなって思ったの。前にあたしがいたときに来た人は、もっと悲愴感みたいなのが前面に出てたから、どうなのかと思って」

「……なんでお前は、いちいちそんなこと気にするのかね。そんなの、マジで人によってちがうに決まってんだろ」

「そりゃそうなんだけどさあ、そうなんだけどさ、うん……」

言いたい言葉が見つけられずにむず痒い。あたしがふがふがしているのを見かねてか、

「葵ちゃんは」と港さんから声をかけられた。

港さんは笑顔でさっきの彼女が帰っていったドアを眺めたまま、言葉を続ける。

「葵ちゃんは、彼女は自己解決できそうなのにって、そう思ったんじゃないかな？」

「そう！　港さんすごい！　それなんです！　うん……前に来た人は誰かが背中を押してあげないと、一歩も前に進めないような雰囲気だったんですけど、さっきの人は、ここに来なくっても、自力で立ち直れそうだなと思って……タダで髪を切る必要ってあったのかなと思ったんです」

「なるほど」

港さんはどこまでもどこまでも穏やかだ。

さっきカウンセリングしながら彼女の髪を切って、オレンジ色に染めあげていたときに垣間見えた、仕事をしている大人の色香なんて、もうどこからも見つけられない。

「そうだねえ……でもやっぱり、うちに来たんだったら、髪を切ってあげたいよね」

「どうしてです？」

「女の人にとって、髪を切るっていうのはスイッチだからかなあ」

「うーんと」

「髪を切るっていうのは〝吹っ切る〟っていう自己暗示だから。そこに誰かの励ましや慰

めはいらないんだよ。もともとうちでやってるサービスだってそのためにあるんだからね。だから、自己解決できるできないは関係ない」

「そうなんですか……？」

「うん」

そうきっぱりと言い切る港さんに、あたしはやっぱりわかんないなあと思ってしまった。

恋ってそんなものなのだろうか。自分で頑張って忘れたいって思えば忘れられる人がいるかと思ったら、ずっと胸の中で考えて抑え込もうとする人だっている。

あたしもしてみたらわかるもんなのかなあ……。それでもあたしにはまだ、そんな恋なんて降ってきそうもないと溜息をついた。

恋はするものじゃなくって落ちるもの

「はい、それじゃ終わり。後ろから順番に答案回収して」

試験官の先生のそのひと言で、教室には歓声があがり、一気に喧騒に包まれた。

期末テストも無事終わり。

あとは大掃除だったり、その他もろもろのイベントをこなせば夏休みだ。

夏休みになればアルバイトでも遠出でも、いろいろできることも多いけれど、こと「高校生」ってブランドを生かせるようなことには、あたしはなにひとつかかわってはいない。

インターハイに出るような部のマネージャーもしてないし、夏の甲子園にだって縁がない。そもそも部活に入ってないから夏合宿だってない。

夏は出会いの季節らしいけれど、それさえあたしには無縁だ。

担任が来るまでは、休憩時間。空調が緩く風を吐き出す音を聞きながら、あたしは頬杖をついた。夏休み目前でも、特に青春系イベントに縁遠いあたしには、暇を持て余す予感しかない。

「はあ……恋したいなあ」

ぼんやりと言うと、あたしの机に寄ってきた菫が嫌な顔をしてこちらを見た。

「なにソレ、ものすっごく馬鹿っぽいよ」

「だってさあ……あたし【coeur brise】に遊びに行くようになったじゃない？」

「……ああ、あの美容院？」

「そう。あそこでいままで何人か失恋サービス受けるお客さんを見たんだけど、なんて言うんだろ、皆……辛そうっていうより、楽しそうっていう印象のほうが強いんだよね……」

「なにそれ、みんな不幸に酔ってるとか？」

あたしの説明がへたすぎて、菫は理解できないという素振りで首を振る。

「そうじゃなくてさあ……」

もちろん皆、悲しいんだっていうのはわかってる。でもそうじゃなくて、悲しんでる中でも、失恋の痛みを断ち切って前を向こうとしているのも感じられた。だからつまり、そういう気持ちになれるものなんだとすると、失恋することも全部が悪いことって訳でもないんじゃないかなあと思えたんだ。

もっとも。失恋どころかそもそもあたしは、恋愛のなんたるかが全然わからないのだから本当のところは知りようがない。だから、まずは「恋したい」となった訳なんだけれど。

自分の思考を、順を追って説明してみたんだけれど、ますます菫には変なものを見るような目をされてしまった。

「それ、おかしい。失恋してみたいから恋したいとかって。絶対おかしい」

「えー……なら菫はどうなの？　今の彼氏と」

「うん、いい人だよ。ほら」

スマホを操作して画像フォルダを開くと、彼氏との画像が並ぶサムネイル画面をこちらに向けた。

——彼氏との画像は別フォルダにまとめて管理してるんだね……マメだ。

スマホケースに貼られた写真シールではイチャイチャ抱きついていたり、頬にキスしたりと、とにかく『私たち付き合ってます』アピールをいっぱいに醸し出しているし、画像もまあ似たり寄ったりな印象。

でも……なんだろう。あたしから洩れ出た「恋したいなあ」が指してる恋って、別に人に対して自慢したいものではない気がする。明らかにあたしより恋愛経験豊富な菫には言わないけどさ。

「うーんと、菫。楽しい？」

「え？　うん、楽しい。今度はちゃんとうまくいくといいなあ」

そう言ってはしゃいでいる菫。実は高校に入ってから、今の人でたしか五人目だったような気がする。何故か彼氏が途切れたことはないけれど、ひとりの人と一年と続いたためしがないのだ。そのうえ彼氏の気持ちをたしかめたくって浮気もするし……。

多分、これはあたしの恋の参考にはならないなあと、うっとりとスマホ画面に見入っている菫を見て、そう思った。

学校帰りに寄った【coeur brise】は、本当に珍しく混雑している日だった。あたしが遊びに行くようになって、こんな日ははじめてだ。

店内は六人ほどの女の子グループが占拠していて、皆それぞれ髪を切ってもらっていたりヘアカラーしていたり、待合席で話していたりする。港さんがひとりで相手しているものだから、要するに大忙しだ。

　女の子たちの甲高い声が外からも聞こえたものだから、思わずドアの前で立ち止まってしまった。

　さすがにこんなに人がいっぱいいる中、カプチーノをごちそうになるだけっていうのは具合が悪いだろうなあ。だからあたしは店に入らずうろちょろとしていた。するとドアがカランと開いた。

　呆れたような顔をした蛍くんが戸口まで出てきた。

「お前なにやってんの」

「えー……だって、お客さん多いじゃん。あたしだって、忙しそうなところにお邪魔するほど、無神経じゃないよ」

「普段髪も切らずにしゃべるだけしゃべって帰る図々しい奴が、なに言ってんだか。ああ、もう。あっついだろ。さっさと入れ」

「ふあーい……」

　手招きする蛍くんのあとをお言葉に甘えてついていったら、【スタッフオンリー】と札をかけられた部屋まで案内された。そのドアを開けようとするので、思わずあたしは首を振る。

「ちょっ……なんでここなの⁉」

「向こうは髪切るお客さんの席だろ。お前の居場所ないんだから、そりゃここしかないだろ」

「なんで……!?」

「はあ。先生は今日は忙しいから、多分相手なんかしてられないだろ。まあ、ここでゆっくりして涼んだらさっさと帰れや」

……そりゃ、普段は港さんの好意で遊びに来させてもらっているようなもんだし、仕事の邪魔しちゃいけないのは当たり前だけど。

蛍くんについていってはじめて足を踏み入れたこじんまりとしたその部屋は、奥にコーヒーメーカーが置かれた流し台があって、ほかにはテーブルとふたり掛けくらいのソファーが置かれているだけの、要するに休憩室のようだ。もっとシャンプーや整髪料のストックとか、あたしにはわからない道具なんかが雑然と置かれているのかと思っていたら、そういう訳でもないらしい。ちょっと拍子抜けした。

蛍くんがコーヒーメーカーをセットしはじめるのを横目に、あたしはちらちらとドアの方を見る。

「ねえ」

「ん?」

「今日はいっぱいお客さんが来てたね。こんな日もあるんだ」

「そりゃあるだろ。ここは美容院なんだし。まあ、あれはオープンスクールに来てた連中だけどな」

「へ？」

蛍くんの言っている意味がわからず、あたしは目をぱちぱちとさせる。コーヒーメーカーから、香ばしいコーヒーの匂いが漂ってくる中、蛍くんは振り返った。

「専門学校。美容師の」

「あれ……専門学校のオープンスクールで、どうして港さんが忙しくなるの……？」

「だ・か・ら、先生は俺が通ってる美容師専門学校の講師なんだよ！　非常勤で、店が休みのときに教えに行ってんの！　今日はオープンスクールがあって、あの連中はそこに来た美容師志望者！」

「……へっ？」

思わず変な声が出てしまった。それからやや遅れて、「ああ、だから蛍くんは、港さんを先生って呼ぶんだ」と納得がやってきた。

「先生の店を見学したいって言われて、希望者を連れてきたの！　で、先生の技術も見たいからって、カットとかしてるわけ。もちろん、お前とちがって料金も払ってねっ！」

「ふぁ……ひどいー！」

「当たり前だろ、あっちはお客様なんだから」

蛍くんの言葉にヘコんだものの、たしかにそのとおりだもんなあ……。

あたしは押し黙るしかなかった。

蛍くんは黙ってマグカップをセットして、できあがったコーヒーを注いだ。さらに泡立てたミルクも注ぎ入れて、カプチーノに仕立てる。

「ま、未来の教え子相手だから、割引サービスだって先生は言ってたけどな」

しょぼくれてるあたしに気を遣ったのか、蛍くんはそう言って、マグカップをあたしの前に置いた。そのあとまた自分の分をつくりに戻って、立ったまま壁にもたれて飲みはじめる。

あたしはしばらく、目の前のカプチーノと蛍くんを見比べたあと、カップを手に取ってふうふうと息を吹きかけた。

「……でも港さんが先生ってのは案外、イメージって言えばイメージかな」

カプチーノをひと口すすって気分が落ち着いたあたしは、ひとりごちた。

「でもやっぱり先生は、店に立って、お客さんの髪を切ってるほうがいいみたいだけどな」

思いがけず、蛍くんから答えが返ってきた。

「……そうなの？」

「まあな。だってここの店は、先生の夢だから」

港さんの夢？　どういう意味だろう。蛍くんはときどき、よくわからないことを言う。

それともあたしの理解力が低いのか？

自分の頭の悪さを思いつつも、今日、学校で菫と話したことを、ふっと口にしてみる。

「蛍くんは合コンって行ったことある？」

「はあっ!?」

あまりにも唐突な話題転換で、自分でも変だとは思ったけど。やっぱりと言うべきか、蛍くんは髪を逆立てて声をあげた。

「いや、高校生だとそういう機会もあんまりないけど、大学生は当たり前にやってるって話だし。じゃあ、専門学校の場合はどうなんだろうと」

「バカバカしい。ほかの奴は知らんけど、んなことしてる暇があったら俺は、もうちょっと雑誌読んでカットの練習するわっ。してる奴はあんまり生活かかってない奴だろ。親に学費出してもらってるのに、技術のひとつも覚えねえでどうすんだよ」

「えー……美容師ってモテるんじゃないの？　合コンのお誘いとかいっぱいありそう」

テレビのバラエティ番組に出てくるカリスマ美容師なんかを思い浮かべながら言ってみると、蛍くんは心底呆れ返った顔になる。

「どこ情報だよ、それは。そもそも俺は夜間コースだからそんな時間ねえわ」

「ふうん……そっか。つまんない」

「なに浮ついたこと言ってんだよ、高校生。もうすぐ夏休みだからって、馬鹿なことすんじゃねえぞ？」

「ひどいなあ、そんなんじゃないよ」

実は「恋したい」で馬鹿にされたから、「彼氏ほしい」だったらいいかと思ってそう菫に言ってみたら、「どうせ普段から店で邪魔してるんだから、ついでに専門学校の合コンにでも混ぜてもらったら？」とアドバイスされたのだけれど。

こりゃ無理かあ……。

あとはアルバイト先で、彼氏をつくるって手もあるけど。

でも近所の夏季限定バイトなんて、郵便局や宅配便の仕分け作業くらいだよなあ。菫みたいに普段からバイトしてないと無理かな。

あたしが悶々と視線を落としたままカプチーノをすすっていると、蛍くんが溜息をついた。

「なに、うちの店に来て、焦ったのか?」

「ええ、焦るってなに?」

「けっこう見聞きしただろ、他人の色恋沙汰」

「……それずっと聞いてると焦るの? 蛍くんは?」

「バイトと先生から技術盗むのに集中してて、そんなんないわ」

「ふーん……」

相変わらず硬派でシビア。でも……図星と言えば図星なのかも。

失恋話をした人たちが皆綺麗に見えたから、その綺麗な理由を知りたかった。傍から見てるだけではわからないし、実際に恋してみたほうがいいのかなって思ったんだけれど。

あたしがそんなことを考えている間に、店の方も一段落したみたい。港さんはオープンスクールからのお客さんを送り出していた。あたしが掃除へと向かう蛍くんに続いてスタッフルームからそろっと出ると、最後のお客さんを送り出した港さんが振り返った。

「ああ……挨拶遅れたね。いらっしゃい葵ちゃん。ごめんね、今日は満員御礼だったから」

挨拶をしながら通り過ぎた港さんは、入れ替わりでスタッフルームに引っ込んだ。多分、カプチーノを淹れに行ったのだろう。だからあたしはそちらに向かって、少し声を大きくして言った。

「今日は蛍くんに相談があって来ました」

「相談？」

案の定、カプチーノを手に戻った港さんは、それを飲みながら不思議そうな顔をする。

「先生、こいつマジで馬鹿なんすよ、いきなり〝合コンしたことあるか？〟〝専門学校の合コンってどんなんだ？〟って、なんだか色気づいちゃって」

あたしが口を開く前に、蛍くんはそうあっさりと言ってのける。

「……あ、なに？　もしかしてうちの合コンに混ざりたかったとか？」

……どこまで勘がいいんだ、この人は。

「失礼なっ!?　高校生に出会いの場なんて、なかなかないんですっ！」

「お前、共学だろ？　学校にいないのか、適当なの」

「だって同じ学校の子と付き合うってなったら、すぐ学校中に知れ渡っちゃって面倒くさいんですよ」

いつものようにあたしが蛍くんに噛みついていたら、港さんはにこにこと笑う。

「なるほどねえ……葵ちゃんもお年頃かあ」

「先生、お年頃もなにも、こいつ出会ったときから女子高生だったでしょうが！」

あたしが「なんだー、馬鹿にすんなー」と蛍くんを威嚇している間も、港さんは穏やかに微笑んでいる。ふと、その港さんが胸元に手を当てていることに気がついた。

ううん、ちがう。いつも着けているチェーンの、ペンダントトップに触れているんだ。

ときどきやっている、あの仕草だ。

最初は、美容師だし、ただのファッションアイテムとしてチェーンのネックレスでもしてるんだろうと気にも留めなかった。けれど何回かここに遊びに来るようになって、そのチェーンになにかペンダントトップがついていること、港さんがときおりそれを弄んでいることに気づいた。

港さんの、クセ？

たいていいつも服の上からだし、シャツの外に出ているときはいつも港さんの手の中なので、ペンダントトップとしてつけられている物がなんなのか、あたしは未だに知らない。

あたしがじっと凝視しているのに気づいたのか、港さんはやんわりと微笑んだ。まるでそれは、『これ以上は踏み込むな』という警告にも見えて、思わず息を呑む。すると港さんが目先を逸らすかのように話を切りだした。

「そうだねえ……たしかに高校生だったら恋愛したいかもしれないけれど、今は学校の中で恋愛するのも、いろいろ難しいのかもしれないねえ」

「そうなんです……SNSなんかで広まっちゃうから、内緒話が全然内緒になりませんもん」

「でも、どうにかなるようにってコントロールしている時点で、それは恋そのものに恋をしているだけで、まだ誰かのことを好きになったのではないんじゃないかなあと僕は思うよ？」

「ふぁい？」

また難しいことを言ったぞ、港さんは。

あたしは思わず目をぱちぱちと瞬かせながら、港さんを見てしまった。港さんは相変わらずペンダントトップを弄(いじ)りながら、穏やかな笑顔で言葉を続ける。

「恋心っていうのは、どうしようもないものだから。コントロールしようと思ってもできるものじゃないし、気づいたら落ちているから、恋なんじゃないかなあ」

「……するんじゃなくって、落ちる……んですか？」

「うん、そう」

そう言いながら、港さんは優しく微笑んだ。

他人の話を聞いて、失恋も悪くなさそうって思っただけのあたしには、港さんの言葉はちょっと難しい。

あたしが思わず眉を顰(ひそ)めてしまったのに、港さんはやんわりと口を開く。

「そんなにお試しで恋愛したいって言うんだったら、葵ちゃんは高山くんと付き合ってみればいいのにねえ」

そのひと言に、あたしだけでなく、散らばった髪の回収を終えた蛍くんまで吹き出した。

なんでそうなるの。

「えっ、先生、嫌です」

「あーっっ、それあたしが先に言おうとしたやつっ！　なんで蛍くんが先に言うかな⁉」

「うるせえ！　そりゃ選ぶ権利くらいあるわっ、なんでお前みたいな頭空っぽの奴と付き合わないといけないいんだよ」

「うっわ、サイテー。港さん、お宅の生徒さん、ものすっごくっ！　カケラもっ！　デリカシーってものがありませんけれどっ！」

唾を飛ばす勢いで互いを罵りあうあたしたちに、港さんはペンダントトップを弄ぶのを止めた手で、「まあまあ」と宥めるような仕草を向けた。

「結構気が合ってると思うんだけどねえ」

「年が近いだけっす。こんなんと付き合える奴、心広い奴じゃないと無理っす」

「うーわー……あたしだってもうちょっと包容力ある人がいいですー。蛍くんみみっちいんですもの」

「だ・れ・の・こ・と・だ」

「む・ね・に・て・を・あ・て・て・か・ん・が・え・ろ」

あたしたちがいがみあっているそのとき、カランと音を立ててドアが開き、生ぬるい潮風が店に入り込んできた。

そちらを見ると、サマーワンピース姿の女の人が、日傘を畳みながら入ってきたところだった。

明るい色味に染めた髪を背中まで伸ばした、三十歳前後という雰囲気の女性だ。

「あの、すみません。予約時間より早く来ちゃったんですけど」

「いらっしゃいませ。今は他のお客さんはいませんから、大丈夫ですよ」

港さんが応対に向かうのと同時に、たった今まであたしと茶番を演じていた蛍くんは、レジカウンターから予約票を取りあげて「大丈夫です」と答える。ふたりとも、切り替えが早い。

それから改めて港さんが、お客さんに声をかけた。

「いらっしゃいませ。本日はいかがいたしましょうか？」

港さんとお客さん……どうもリピーターのお客さんらしい。港さんと親しげに話している女の人の声は、明るく弾んでいる。

「お久しぶりです、ずいぶんこちらに伺えなかったような気がします」

「いえいえ。お仕事もお忙しいでしょうし、なかなか来られないときもあるでしょう」

「仕事もですけど……この間、結納を済ませたんです」

「それは……おめでとうございます」

「はい……もういい人なんて現れないって思ってたんですけど。本当にいい人に巡りあえて……」

あれ……？

普通に聞いたら、ただの結婚報告なんだけれど。『もう』いい人なんて現れないって……。

ざらりとした違和感を残したまま、港さんがその人をシャンプー台へと案内する間も、会話は進む。

「髪を切りたいんです。あとちょっと髪の色が明るすぎるでしょう？　それを落ち着けたいんですよ。黒に」

「かしこまりました。どういった服を合わせるんですか？」

「白無垢が似合うように。だから、髪も整える程度で、ばっさりは切らないでほしいんですよ」

＊＊＊＊

今、お店の前まで来たらなんだか賑やかで。あのバイトの男の子は何回かお会いしてますけど、今日は制服姿の女の子までいて。

……私が最初にこちらにお邪魔したときは、立花さんがおひとりでお店をやられてたんですよね。私が東京を引き払って実家に戻ってしばらくした頃だから、もう四年くらい前ですね。

ええ、ＷＥＢデザインの仕事は続けてます。フリーランスなので在宅でできるし、東京のクライアントでも、いまは電話とメールで打ち合わせも済ませられちゃうので。あとは地元や、関西圏のお客様を中心に細々と、ですけど。

東京で続けていれば、今頃はもっとバリバリ仕事してたのかもしれないけど……彼と一緒にいた場所で、彼と一緒にしていた仕事をひとりでするのは、あのときの私には耐えられませんでした。

……本当にあるんですね、あんなことって。

大学時代からの付き合いのパートナーと、卒業後に共同で事務所をはじめて。そろそろ結婚しようかってことになったのは、それから二年くらい経って開業のバタバタが落ち着いた頃なんだから、本当に長い春でした。休みのたびに式場の見学やドレスの試着に行ったり、まだ日程も決まっていないのに招待状のデザインなんか考えてみたり……いろいろ準備もしてたんですけどね。

そんな矢先に、彼が飛行機事故で亡くなってしまうなんて……。

ああ……五年経っても、やっぱりキツイですね。大きな事故だったんで、今でもときどき報道番組なんかでも取りあげられてますでしょう？　あれを観てしまうと、少し……。

九州の彼のご実家に、一緒にご挨拶に伺う日だったんです。そしたらたまたま、私が手掛けてた案件にトラブルが出てしまって。彼が先に行って、私があとから追いかけるはずだったんですけど、結局それきりになってしまったんですよね……。

実際、お葬式に出たり、事情を話して滞っていた仕事の対応をしたりとかいろいろあったはずなんですけど、とにかくまあ、その日からあとの記憶は今ひとつ曖昧なんですよね。やっぱり、ショックが大きかったたってことでしょうね。

それが全部片付いて、実家に戻ったのが四年ちょっと前で。

戻ってからも、誰かを責めたくて、でも誰も責められなくて……そんな気持ちのまま何週間か家に籠ったあと、今度は心機一転仕事を大量に受注しました。今までの取引先に挨拶しまくって、とにかく仕事に没頭しようと思って。

極端ですよね？　でもそうやって、彼の死から全力で目を逸らすことしか、できなかったんですよね、あのときは。

＊＊＊＊

カプチーノの湯気が、ほこほこと天井へと昇っていく。

重過ぎる。最初にそう思った。それからすぐ、どうしてそんな感情をずっと引きずれるんだろうという疑問が生まれた。

人が死んだ。もう帰ってこない。そんな経験をまだしたことのないあたしには、想像しかできないけれど、胸にぽっかりと開いてしまった穴を抱えたまま生きていくなんて、どんなに苦しいことだろう。それはきっと、苦しいっていう言葉だけじゃ表せないのだろうけど、あたしの想像ではそこから先がわからない。

茫然として座っているあたしの隣に、蛍くんがやってくる。あたしが目だけで見上げると、蛍くんはポツリと言った。

「……だから言ったろ。お前は頭空っぽだって」

普段だったらそこで噛みつけるのに、今は噛みつくこともできなかった。恋しても失恋しても、それは綺麗で楽しいことなのかも……としか考えていなかった自分を、自分でもそう思ってしまったから。

「あのお客さん、以前は何か月かおきに来てたんだよ。そのたびに先生はカット代を〝受け取れません〟って断ってた。あの人の方も意地になってたみたいなとこ、あってさ。でも、もう半年以上予約も入らなかったから、もしかしたらもう来ないかもしれないって思ってたけど」

あたしは蛍くんの言葉に答えることもなく、ただカプチーノに口をつけることしかできなかった。湯気は出ているのに、舌が感じる温度は、ひどくぬるい。

少し重くなってしまった空気の中でも、ただただ港さんはいつもの穏やかな雰囲気を保っていた。話は、まだ続いている。

＊＊＊

彼のお母さまから電話をいただいたのは、彼が亡くなってから半年経った頃でした。彼の遺品が見つかったから、見てほしいということで。

見つかったのは彼の手帳でした。一緒に仕事をしていたときに使っていたもので、私も見覚えがありました。汚れてボロボロになってはいましたが、奇跡的にばらけることなく一冊の形を留めていました。

渡された手帳に残る、見慣れた彼の字が懐かしくて、何ページも何ページもずっとめくり続けていました。そうしたら、終わりの数ページに、殴り書きのようなものが残っていたんです。

それは、彼の遺書でした。

あるページはお母さまに、次のページには彼の兄弟たちに、そして最後のページには私に。それぞれに宛てて、彼の最期の言葉が残されていたんです。

必死の思いだったんでしょうね。ひらがなだけの走り書きで、その文字も本当に歪んで震えていて。いつ落ちるかわからないという恐怖を押し殺して、震える体を無理矢理抑えて書いたんだろうなと思わせました。


【わすれてかまわないからしあわせになって】


私の名前と一緒に書かれていたのは、その言葉でした。

涙が止まりませんでした。

彼が亡くなって、本当の意味で泣いたのはそのときがはじめてだったかもしれません。遺書を読んだことで、はじめて心が、彼の死を受け入れることができたんです。彼のお母さまが、手帳の私宛てのページをくださったんです。そんな大切な物を切り取ってしまうなんてって固辞したんですけど、持っていてほしいって言われて。でも、そこに書いてあるように、彼の思い出に囚われないで、幸せになってほしいとも言ってくださって。

その帰り道にはじめてここに寄って、髪を切っていただいたんですよね。

地元の駅まで帰り着いたものの、どうしてもまっ直ぐ家に帰れなくて……。目的もなく歩きまわって海まで来たら、こちらを見つけて。髪を切ったら、少しは気持ちも整理できるんじゃないかと思ったんです。

でも驚きました。私はなにも知らずにここに来て、正直、誰かに話したかったっていうそれだけで、それまでの出来事をお話ししただけだったのに、立花さんから「大切な想いを失くした経験を話してくださったので、無料です」って言われて。

家に帰ってからネットのクチコミで、こちらがそういうサービスをされてるのを知ったんです。

それからも、気がつくと彼の走り書きの遺書を読み返してました。彼と結婚して幸せになるつもりだった私が、いまさらどうやったら幸せになれるのか、全然わからなくて。

……それから何日かして決心して、家族に打ち明けたんです。「お見合いがしたい」って。

最初のお見合いの前に、こちらでカットしていただきましたよね。

彼と幸せになることはもうできないけれど、彼じゃない人と結婚して幸せになって、彼の遺言を叶えようと思うってお話しして。でもそうしたら、立花さんは代金を受け取ってくださらなかった。「今回はいただけません」っておっしゃって。

正直に言って、少し腹が立ったりもしました。私はお見合いして結婚して、幸せになろうとしてるのに、なんで彼を失ったときと同じ扱いするんだろうって。

そのときだけじゃなくて、そのあとのお見合いのたびに伺うと、いつもいつも……。

私もお見合いがなかなかうまくいかなくてイライラしてたんで、もういいや、タダだって言うんならタダにしてもらっちゃおうって、ムキになったりもして。

私、気づけなかったんですよね。

何度お見合いしてもまとまらなくて、どうしてなんだろうって。なにが悪いんだろうって。でも去年くらいだったか、ふと思ったんです。

お見合いの相手の方を、わたしは『彼じゃない人』としか見てないんじゃないかって。どんな方でも、その人の中の『彼とちがう部分』ばかり探してるんです。

彼と結婚して幸せになることができないのなら、彼じゃない人と結婚するしかないっていう、そんな思いに凝り固まっていたんです。

それじゃあ、無理ですよね。だって、この世の中にはもう、彼じゃない人しかいないんですから。

それって、私には誰も選ぶことなんてできないってことなんですから。きっと、立花さんは最初からわかってらしたんですね、私はお見合いのたびに、亡くなった彼に失恋し直しているようなものなんだって。

いつもいつも、代金を受け取ってくださらなかったのは、それをわたしに気づかせたかったんですよね。自分で気づかなきゃどうにもできないことだったんですよね。私はそれに、三年以上もかかってしまった。

今度一緒になる人は、そのあとに出会って。

見た目も考え方も、食事の好みも彼とは全然ちがう人です。

でも、私と向き合って、同じ目線で一緒に考えてくれる人。そこが、彼と似てるなあって思って、彼とは仕事のときも日々の暮らしの中でも、お互いの気持ちをわかりあう努力をしてたなあ……ってことを考えてたら、はじめて相手の方が見えたんです。

その人には、彼とちがうところも似ているところもあって、でもその前に普通に、ただの男の人なんだってことが突然わかったというか……フフッ、なに言ってるんでしょうね、私。

でも、そんなふうに男の人を見たのって、彼が亡くなってからはじめてだったので、もっとこの人のことを知ってみたいと思って、何度かお会いするようになって……それで、結婚を決めました。

＊＊＊＊

　ドライヤーの風に、黒く染まった彼女の髪がなびく様に見入っていると、蛍くんがどっかりとあたしの隣に腰掛けた。

「だーかーら、あんまりじろじろ見るなっての」

「……ん、そうなんだけど」

　あたしが黙り込んだのを見ながら、蛍くんは肩を竦める。

「人の恋なんて、人それぞれなんだから」

「……ずっと死んだ人を思うのも？」

「区切りをつけるのを、先延ばしにしていたように見えるかもしれないけど。でもさ、時間以外が解決できないことだってあるんだよ。あの人も長かったんだしさ」

「うん……」

　蛍くんの言葉に耳を傾けながら、あたしはじっと港さんを見た。

　彼女のブラッシングをしながら「いかがですか？」と微笑んでいる。

　やっぱりわからない。死んでしまった人を思い続けることも、思い切ることも、あたしには想像も及ばない恋の形だ。

　でも、港さんはそれを見抜いてたんだ……。

彼女は何度も何度も髪に触れたあと、港さんににっこりと笑いかけた。

「ありがとうございます。これで……お嫁にいけます」

そう言って俯いたから、もしかしたら泣いているのかなと思った。だけど、ちがった。

顔をあげた彼女は、涙の代わりに諦めたような笑顔を浮かべていた。

「私、ずるいですよね。本当なら、死んでしまった彼だけをいつまでも想い続けたかった。……でも、現実に向きあってくれる人が、やっぱりほしくなってしまったんだから」

「そんなことありませんよ」

即座に港さんが、いつもの穏やかな笑顔で、だけどきっぱり言い切ったので少し驚いてしまった。

「忘れないでください。彼の最期の言葉は〝幸せになって〟だったでしょう？　それは、あなたがあなた自身の気持ちを大切にしてあげることだと思うんです。想い続けるのも、新しい想いを信じるのも、それがあなたの心からの気持ちだったら、どちらも幸せに続いてるんじゃないかと思うんです」

彼女は一瞬目を見開いて、その目から大粒の涙を溢れさせながら、大きく頭を下げて「本当に、ありがとうございます」と答えた。

あたしは、いつになく強い口調の港さんに少し圧倒されている。それは隣で押し黙ったままの蛍くんさえ、目を瞠るほどの力強さだった。

「さあ、幸せなお客様からは代金を頂戴しなくちゃいけませんね。高山くん、お会計をお願いします」

　お客さんを見送ったあとも、しばらく戸口から目が離せないまま考え込んでいた。後片付けのために腰を上げかけた蛍くんが、そんなあたしに気づいて声をかける。

「だから、お前が落ち込んでどうすんだよ」

「だってさあ……」

「落ち込むのがまずおかしいだろ」

「うん……」

「ああ、葵ちゃんにはちょっと刺激が強かったかなあ？」

入れ替わるように、港さんがあたしの横に腰を下ろした。あたしは唇を尖らせるけれど、こんなときどんな顔をすればいいのかわからず、ただ港さんの顔を見つめるだけだった。

　港さんはただ、いつもどおりの雰囲気を保っているばかり。どうしてなんだろう。ああいう話を聞いていて、どうしてこうも雰囲気を曇らせることがないんだろう。

「えっと、あの、あたし……」

「うん」

「……本当に、ただ、綺麗なものが、見てみたかっただけで、恋ってそういうものなのかと思って……」

「うん」

「友達の話を聞いていても、なんかピンと来なくって、だから……」

ふわふわしてて、本当に中身がない。悔しいけれど、蛍くんの言うとおりだ。

思わず唇を噛んで押し黙ってしまったけれど、港さんは否定の言葉を挟んだりはしなかった。ただ静かに、あたしのその空っぽな言葉に耳を傾け、語る言葉にも押しつけがましさはない。

「そうだねえ……話を傍から聞いていると、どうしてそんなに重いものを後生大事に持っていたんだろうって、そう思えてしまうかもしれないねえ」

「……っ」

まるであたしの心の中を見透かされたみたいにはっきりと言い当てられたので、あたしは思わず言葉を詰まらせる。

キュッキュと蛍くんがモップをかける音を響かせる中、ただただ港さんは穏やかに微笑んだ。

「でもねえ。道端に咲いてる花の美しさに気づいても、その花の名前まで知ってることなんて、それに興味がある人だけだと思うんだよ」

「えっ？」

「人にとって、なにが大事でどんなものに価値を感じるのかは、人それぞれなんだろうねという話だよ」

「ああ……」

それには、なんとなく納得できるかもしれない。

あたしには全然わからないだけで、菫が彼氏を渡り歩いているのは、それがあの子にとって幸せだからかもしれない。さっきの人は、死んでしまった大事な人のことを何年もかけて思い出にして、今の人と結婚するのかもしれない。

「かもしれない」としか言えないのは、全部それはあたしの想像だからだ。

あの人たちの大事なものは、その人たちの中にしかないもので、それはあたしの物差しじゃ、測ることなんてできないんだ。

「……ありがとうございます。いろいろな見方があるんですね」

「うん。恋ってふわふわしてたり、キラキラしてたりするって思う人もいれば、苦しくってしんどくって、もう二度としたくないって人だっていると思う。形は人それぞれちがうものだからねえ」

「そうなんですか……じゃあ、港さんはどうなんですか?」

思わずぽろっと出てきた言葉に、あたしは心の中で「しまった」と叫んでいた。

あたしが思わず口元に手を当てると、港さんはにこっといつものように笑って、自分のシャツの、襟の合わせに右手を差し入れた。その手はきっと、ペンダントトップを弄んでいる。

「そうだねえ……手放したくない……もの、かな」

「道に咲いてる花みたいに?」

「と言うより、指輪みたいなものかな？」

指輪？

思った以上に具体的な言葉で、だからこそ抽象的な答えだった。

そのときに、見えてしまった。港さんが右手で弄っている、チェーンに提げられたペンダントトップ。

それは、銀色の指輪だった。

ころんとした、ファッションリングにしてはあまりにも飾りっ気のないもの。

考えればわかることだった。手先を使う仕事をしている人は、指輪が邪魔になるから、肌身離さず持つんだったら、首にかけるしかないんだということに。

——港さん、結婚してたんだ。

急速に気分が沈んでいくのを感じた。

背中を押したらまた歩き出せる

返却されたテスト用紙をファイルに突っ込んだあと、自分の机に突っ伏した姿勢のまま、ぼんやりと窓の外に見える入道雲を眺める。今日も暑くなりそうだ。

返ってきたテストは、数学と現国はそれなりにいい点だったけれど、英語は赤点をギリギリ回避というひどい点数。他は悪くはないけれどよくもないという中途半端な結果だった。

「葵ー、テストどうだった？」

それほど興味があるわけでもなさそうな口ぶりで、菫が寄ってきた。まあ、テスト返却日の決まり文句だよね。菫はそのまま、空いていた前の席に、後ろ向きで腰を下ろした。

「可もなく不可もなく。菫は？」

「まあ、目標点数はいけたかなあ……なあに、あんた元気ないねえ」

「ええ？」

今日も暑いし、テスト返却でエネルギーを持っていかれてるから、そりゃあ元気じゃいられないと思うけれど。

あたしをじっと見る菫は、相変わらず化粧をきっちりとしている。

先生に呼び出されない程度に抑えているけれど、ギリギリすっぴんじゃない、というところだ。まあ、多分、女性教師が口出ししたら一発アウトだろうけれど、老眼鏡をかけているような男性教師だったらまずわからないんじゃないかなあ。

対してあたしは、化粧水と乳液以外には日焼け止めくらいしか塗っていない。化粧したいとか、モテたいとかは、あんまり考えたことなんてないからなあ……。あたしの底の浅さなんて、ある程度人生経験ある人には見抜かれてしまうから、化粧するしないっていうのは、あまり関係ないように思う。

あたしがぐでっとしたままそんなことを考えている間も、菫はじっとあたしを見ている。

「なあに、フラれたの。それこそ例の美容院にタダで髪切ってもらえるような案件？」

そう言われて、あたしは内心ギクリとする。なんとなくこの二、三日【coeur brise】を訪ねていなかった。いや、今までが行き過ぎてただけっていうのはわかってるんだけど。

「フラれてもいないのに、そんなの店長さんに失礼でしょ」

「えー、あんた初日に嘘ついたじゃん……いや、それより私てっきり」

菫はあたしの机に肘をついて笑う。頬杖をつく菫の爪は、透明のマニキュアできらりと光っていた。

「その店長さんのこと、葵は好きなんだと思ってたよ」

「……え。なんで」

港さんのこと……？

あたしはただ、港さんが指輪をずっと首にかけてたのが気になっただけで。だって……結婚指輪だよ？　それをずっともやもや考えていただけ。

「そもそもさあ……港さんは結婚指輪をずっと肌身離さず大事にしている人だよ？　奥さんが大事なんじゃん」

「なるほど、不倫は嫌と。でもさあ、それってホントに結婚指輪？　聞いてみたの？　店長さん結婚してるんだったら、世間話でそんな話すんじゃないの？　したの？」

　菫がまくし立てる質問に追いつけず、とりあえず「してない」と最後の分の答えだけ返した。

　いまさらだ。部外者のあたしがなんて言って聞けばいいんだろう。

　あたしが眉に皺を寄せたら、菫はあたしの鼻をつまんできた。

「あにすんの」

「いや、気の抜けた顔ーって思ってさあ。いいじゃんいいじゃん。大人を好きになるっていうのは、十分ある話だよ」

「あたし、本気でそういうの、興味ないからわからないんですけどっ」

「うっそ、そもそも用事もないのに店に通ってる時点で、興味あるでしょ」

「うー……」

　菫にそう言われてしまい、あたしはただただ唇を尖がらせる。

　我ながら、なにをそんなに認めたくないのかがよくわからない。菫に「好きになるって、十分ある」って言われても、なんかそういう感じじゃない。

　港さんと付き合いたいかっていうと、そんなのは全然ない。これははっきりと言える。だから菫の言うことは的外れで、あたしは返事をできずにいる。

　でも嫌いかというと、それはもっとない。港さんは優しいし、一緒にいて落ち着くし。

だからってそれがすぐに恋に結び付くかというと……やっぱり違うような気がする。

でも……あの指輪はなんだったんだろう。

「なあに、もう。そんなに気になるんだったら聞いてくればいいじゃない。もしかしてあんたを好きって場合だってあるでしょ」

「だからー、菫の期待するようなことなんて、なにひとつないんだってば」

「えー」

「えーじゃないから」

あたしの心からの叫びも、今の菫には届かなかった。


学校帰りに菫に引きずられるようにして向かった先は、本屋さんだった。

「おぼこい葵は、もうちょっと情緒ってもんを勉強しようかっ」

「おぼこいってなに。言葉が古くない？」

新刊コーナーを通り過ぎ、平積みになっている少女マンガコーナーに辿り着く。クラスで回し読みしている少女マンガの新刊を手に取ると、菫はあたしに表紙を見せてきた。

「葵は、マジでもうちょっと情緒を学んだ方がいいね。私はあんたがどこかでうっかり騙されないか心配だよ」

「騙されない騙されない……そもそも少女マンガ読んで勉強できるものなの？」

「なに言ってるのぉー、少女マンガはいかにすれば売れるのかを考えて、女の子の共感値を計算してつくってるんだから、それをないがしろにしちゃ駄目だよ」

本当にそういうものなのかな……。

菫は新刊を買うと、それを持って本屋の端っこの椅子に座って読みはじめる。あたしも隣に座って、横から覗き込んだ。

地味で目立たない女の子が、学校で一番のイケメンに恋する……っていう内容のマンガ。だけど、相手は学校一のイケメンなんだから当然ライバルも多い。そのうえ、生徒会役員やら先生、さらには友達も巻き込んでラブコメが展開するという、気持ちいいくらいベタな話だ。

今回はライバル女子キャラが、夢を追ってヨーロッパ留学するという『退場』エピソードがあった。それをイケメンが見送るシーンは、読者の涙を誘う。

今だったらネットがあるから遠距離恋愛なんてなんでもないとか言われるかもしれないけれど、さすがに海外となったら話は別だろう。時差があるってことは、同じ時間を生きてないいんだから、その差は大きいっていうのは人生経験の浅い高校生だってわかる。

『もし、帰ってきたら、そのときは付き合ってね？』

『……さっさと夢、叶えてこいよ』

『ずるいなあ、本当に私ばっか好きなんだもの』

イケメンのイケメンたるゆえんは、お別れシーンでもリップサービスをしないところだと思う。この空港のお別れシーンは、あたしもぐっと来た。

読み終えたマンガを閉じた菫は、そのままあたしの方に差し出した。

「え、なあに？」

「あんたもちょっとは勉強してきなさいよ。これ貸してあげるから」

「えー……うん、ありがとう？」

「そこで疑問形やめなさいよー」

笑われつつも、あたしはひとまず菫から貸出許可をもらったマンガを鞄に突っ込んだ。

あたしがマンガを鞄にしまったのを見届けてから、菫がふいっとあたしの顔を覗き込んでくる。

「そういえば、葵って前から理想の彼氏像とかないよねえ……店長さんが好きかと思ったら、それもわからないって言うし。同い年は子供に見えるってやつ？」

「いや、それは全然。ただ、恋愛なんて本気で他人事だって思ってるし、人の話聞いてるだけでお腹いっぱいだって思ってるだけで」

「それは私のことかぁー……！」

途端に菫にほっぺたを指で摑まれ、ぐにぐに引っぱられる。

イダイイダイイダイイダイイッ。そりゃ菫の話を聞いて『濃い』とは思ってるけど、それだけじゃないったら。

菫がようやく手を離してくれたので、引っぱられた頬を撫でつつ「だってさあ……」とあたしは言う。

「誰かを好きになるのより先に、周りに迷惑かけてまで恋ってしてていいのかな？って思っちゃうんだよ、どうしても。……あたしがひどいのかなあ」

「と言うと？」

「うん……中学時代にいたんだよ。クラスのちょっと格好いい子に声をかけたいけど、その勇気ないから、たまたまその男子の隣の席に座ってたあたしを巻き込んだ子がね」

「あれま……私にはぜんぜん理解できない感覚」

「まあ、わからないではないんだけど……」

うーん、あたしが薄情なのかな、それともその子が悪いのかな。未だにその子がなにしたかったのか、あたしにはわからないんだよなあ。

本屋さんの冷房って結構効くよな……冷風になぶられてそんなことを考えながら、あたしは自分の中学時代の話をぽつりぽつり語りはじめる。

「振り向いてほしいから協力してってって頼まれてねえ……、あたしも馬鹿だから断らずに手伝ってあげてたの。で、その男子としゃべるようになって、好きなものとか嫌いなもの、趣味とかを聞き出して、それを教えてあげたりとかして、さりげなーくその子たちがふたりっきりになれるようにしてあげたの。最初はその子も喜んでくれたんだけどね、だんだんその子が怒り出したんだよ。〝私から彼を盗る気なの!?〟ってさ」

「なにそれ。葵に手伝わせたのそっちじゃない。ってか、あんたその男子に好かれてたの？」

「いや全然。……面白い生き物扱いされてたっていうか。結局、その男子が好きだったのは、隣のクラスの女子で、その後、林間学校のときに告白したんじゃなかったかなあ。どうなったのか知らないけど」

「じゃあ、ただのやっかみで、しかも無駄撃ちじゃん」

　菫は呆れたように肩を竦める。

「うん……その一件が原因で気まずくなっちゃって、その子とはそれっきりになっちゃったなあ。その子の興味が他の男子に移ってくれたからよかったけどね。不毛だったなあと思っただけだよ」

　あたしがドライなのかもしれないけれど、恋が他人を巻き込んで大騒ぎしてまで夢中になれるものだとは、思えなかった。

　それを聞いていた菫は溜息をつくと、黙ってあたしの頭を撫ではじめた。

「なあに……菫ったら」

「いやねえ……あんたもずいぶんと人がいいよねと思って」

「別にそんなことないけどね」

「ただ、まあ……あんたもマジでおぼこいっつうかなんつうか」

「なによー」

　菫は無言であたしの頭を撫でながら、やんわりと笑う。

　菫は見た目が派手だし、恋多き女ではあるが、懐を開いた子には存外面倒見がいい。女子の恋愛相談には必ず乗ってくれるし、友達の彼氏を取るようなことは絶対にしない。

　そのうえ、彼氏ができたからといって女同士の付き合いをサボるような真似もまずしない。だからあたしから見たら菫は格好いいんだ。

　高校一年のときに、じゃんけんで負けて一緒に数学係になって以来の付き合いだけれど、互いに感じている世界が違うからこそ、互いに依存し過ぎることもなく友情は続いている。

　そんな菫が呆れたような困ったような顔で、目尻を下げて言う。

「あんたにとっては、他人の恋愛沙汰は全部マンガと同じなのかもね」

「えー……別にそんなことは思ってないけど……」

「まあ、おぼこいのはあんたの魅力とは思う。でももうちょっと情緒育てた方がいいとは思うけどねー」

　菫はまた同じことを言いながら、口元に笑みを浮かべる。

　それって、褒めてないよね……。

　ぐるんぐるんと頭を駆け巡るのは、【coeur brise】で見てきた光景。

　それは全部、人の話であり、あたしの話では、ない。あたしも、恋に落ちたら、理解できるようになるのかな。


　本屋から帰り、夕食のカレーを食べて、シャワーを浴びたあたしは、冷房の効いた部屋で、借りたマンガを読みながら、ベッドでごろごろしていた。明日は試験明けの自宅学習日で、要するに休み。それだけでまだ夏休みにも入っていないのに、すっごい贅沢な気分。ライバル女子のお別れシーンを何度も何度も読み返しつつ、ぼんやりと【coeur brise】のことを考える。

人に話を聞いてもらって、どうにか自分を納得させる。

ライバル女子はラストシーンも笑顔でお別れした。彼女の性格を考えたら、コマの外で泣いているっていうのもなさそうだ。あたしを巻き込んだ子もまた、好きだった男子が別の子に告白したからといって、泣かなかったんだろうなあ……。

あたしが全然わからないのは、やっぱり情緒が育ってないせいなのかな。人の気持ちがわからない……本当になんでだろう。

ごろん、と寝返りを打つ。マンガは枕元に放り出した。

そのとき、菫に言われたことを思い出した。

『その店長さんのこと、葵は好きなんだと思ってたよ』

恋愛脳だから、なんでもかんでも恋愛に結びつけたがるのは菫の悪癖(あくへき)だとは思うけれど、思い込みだけでわざわざあんな指摘をするとも思えないんだよね……。

たしかに、港さんのことは、嫌いじゃないよ。優しいし、いい人だし。お客さんのことも、バイトの蛍くんのことも大事にしているし。

でもなあ。あたしは今まで見た人たちの話を思い返し、思わずクッと喉を鳴らした。

どの人たちも、恋人がいたんだ。つまり、誰かの特別だった。そして、それが恋だったかどうかっていうと、失恋したんだから、ちゃんと恋だったんだろうな。じゃあ、あたしはどうなの？って自問してみても、答えが出せない。

港さんの特別になりたいのかと聞かれても、やっぱり全然わからない。ただ、港さんの指輪のことは、未だにあたしの中で引っかかったまま。

聞いてみればいいって菫は簡単に言うけどさ、そんなの軽く聞いちゃってもいいのかなあ……。

うだうだベッドで転がりながら、今日も結局美容院に行かなかったなあとか、明日は自宅学習日で一日暇だなあとか考えているうちに、意識が遠のいて……そのまま寝落ちてしまった。

寝坊して起きたら、既に時計は正午を指していた。

世間的には平日だから、お母さんはパートで既にいない。あたしはのろのろと昨日の残りのカレーをよそってブランチを済ませつつ、ぼんやりとテレビを見る。

自宅学習とはいっても、まだ夏休みの宿題が配られてる訳でもないし、試験も終わったばかりで、正直やることがない。

扇風機をつけて、ぼーっとしつつチャンネルを変えるけれど、普段観ていない時間帯のせいか、どの番組もピンと来ない。

気分転換にアイスでも食べようと思って冷凍庫を漁ったら、今日は買い置きが品切れだった。

普段から特にアイスが好きな訳ではないけれど、ないとわかったら無性に食べたくなる。それに、昼までうっかり寝ていたのが猛烈にもったいなくって、外に出たくなってきた。

そうと決まったらと、あたしはパジャマから着替える。Tシャツにデニムのタイトスカートというラフな格好。財布を適当なポーチに入れて肩に引っ掛けると、家の外に出ていた。

のろのろ歩いていると、あたしの速度に合わせて、並走するように車道を走るバイクに気がついた。あたしがチラッと見たことを察したのか、そのバイクはあたしを追い抜いた少し先で停まり、フルフェイスのヘルメットをかぶったライダーが「おい」と声をかけてきた。

こ、こんなバイク乗ってる知り合いなんて、いないんですけどっ。ちょっと怯えつつそう思いながら、いざとなったら警察を呼ぼうとポケットをまさぐったけれど、スマホを家に忘れてきたことにそのときはじめて気がついた。

「おい、小林。こんな時間にフラフラなにやってんだ?」

「へ……?」

ヘルメットがすぽっと外れ、その下から蛍くんの顔が出てきた。ただ、顔は見慣れたいつもの蛍くんだったけれど、ヘルメットで潰れた髪が、汗でペタンともクシャッとも言えない感じで張りついていて、思わず吹き出す。

「ぶっ……！　髪型ヘン……！」

「悪かったな、夏場にバイク乗ってたらこんなんになるわ。通学と通勤で使ってんだよ」

「そうなんだ。あれ、蛍くんはこれから？」

「ああ、家に帰ってメシ食って、店に戻るとこ。お客さんがひとりいたんだけど、パーマだったから先生だけで十分だし、今のうちに休憩入っとけって言われてさ。つうか、お前は？　サボリ？」

「失礼な。今日は自宅学習日なんですぅ。ちょっとコンビニにアイス買いに行くところ」

「……で、今日もうちに来ないのか？」

う……。その質問に自然と言葉が詰まる。半笑いの顔でごまかして歩き出してみたけれど、蛍くんはあたしの返事を聞くまでは逃がしてくれる気がないらしく、バイクを押してついてくる。

あたしは必死で早歩きし、「別に、今日はそんな気分じゃないから！」と逃げたけれど、蛍くんはどこまでもあたしについてくる。

なんで、どうして人の嫌がることばっかりするかな、この人は……！

「だから！　なんで蛍くんがそれをいちいち気にするの！」

とうとうあたしは癇癪(かんしゃく)を起こしたような声をあげてしまう。

だって、別にあたしたちは友達でもないし、先輩後輩でもないし……客と店員ともちょっとちがうし。

　じゃあどんな関係?と聞かれても『知り合い』『顔見知り』以外に、答えようのない関係だ。

　それってつまり、顔知ってるだけの赤の他人じゃん。っていうか、いつもは「さっさと帰れ!」って追い返そうとするクセに。

　あたしが声をあげても、蛍くんはいつもの悪い目つきでこちらを見てくるばかりだった。

「お前はそれでいいのかよ」

「なにがっ!?」

「お前、最後に来たときから様子おかしかっただろ。お前そのまんまで気持ち悪くないのかよ」

「……っ」

「あのときに先生と話してからだろ、うちに来なくなったの」

　思わず目を剝く。どうしてこの人、ときどきこんなに鋭いんだろう。

「……だって、聞ける訳ないじゃん」

「は?　なんの話だよ?　なにそんなに気にしてるか知らないけど、そんなムキになるようなもんなのか?」

「ああん、もう。無神経っ!　あたしもあなたも、赤の他人。あたしと港さんも赤の他人。踏み込める訳ないじゃんっ!!」

　思わず吐き出した言葉が、グサリと自分に突き刺さる。

蛍くんを赤の他人と思っても、そこまで傷ついていないのに、港さんに対してはそうと割り切れない。その事実を、あたしは実感してしまった。

自分からあの店に遊びに行かない限りは、あたしと港さんは、お互いになにも知らない赤の他人でしかないんだということにも気づいてしまった。

途端に、なんだか心が痛くて仕方がなくなる。

菫に言われても全然気づかなかったのに、蛍くんの言葉で気づくなんて……。

全然気づかなかったけど、本当に、付き合いたいとかそういうのもないけれど……あたし。

港さんのこと、好きだったんだなあ……。

そんなあたしの気持ちを知ってか知らずか、蛍くんは呆れたように肩を竦める。

「そんなもん、いまさらだろ。なにに踏み込むのか知らないけど、なに遠慮してんだか」

「うー……」

「たしかに、お前は勝手にうちの店に来てた。でも別に、俺も先生も追い返したりなんてしてないだろ」

蛍くんの言葉はあまりにも正論で、あたしはそれ以上言い返せなかった。

なんだかうまく丸め込まれたような気がするなあと思いながら、結局、バイクを押して歩く蛍くんについて、あたしも店に向かう羽目になった。

　そもそも蛍くんがあたしを慰めるようなことを言うから、調子が狂ったんだよね。この人、いちいち失礼な態度取るのが売りじゃなかったのか。デリカシーのある言動する蛍くんとか、なにこれ、気持ち悪い。

「おい、お前また失礼なこと考えただろ」

　頭の中の悪態が聞こえたように図星を突かれ、焦ったあたしは明らかに挙動不審になる。

「きっ気のせい、でっす！」

「今、目が泳いだ！　くっそー、らしくないのを我慢して、慰めてやったっつうのに！」

　ごまかしきれなかったか……と思いつつも、あたしが考えてたとおりのことを口にする蛍くんがおかしくて、つい言葉にしてしまう。

「やっぱり、らしくないって自覚はあったんだ⁉」

　おかげで、さっきまでのウェットな雰囲気がすっかり消え去り、いつものあたしと蛍くんに戻っていた。

　それにしても、ここは普通、バイクにふたり乗りしてお店に向かう場面じゃないんですかと聞いてみたら、蛍くんは真顔でこう答える。

「いや、そんな短いスカートでバイク乗せて、万が一こけるようなことあったら危ないだろ。そりゃそんな荒い運転なんてしねえけど」

　マ・ジ・メ・か。

　今日はいままで知らなかった顔を次々見せてくる。この人いったい、どれだけ引き出し持ってんだろう？　いや、知りたい訳ではないけれど。

すっかり夏の日差しになった太陽に照りつけられて、一歩進むごとに汗が噴き出る。熱と湿気を含んだ潮風もベタついて気持ち悪いけれど、木陰を通り過ぎるときなんかは、ほんのちょっと風情を感じたりもする。

「今日も、美容院に失恋した人、来てるかなあ」

「さあな」

白い外観が見えてきたところで、蛍くんは「ちょっとバイク置いてくる」と、すぐに店の裏までバイクを飛ばして、それを端に寄せていた。

先に店先まで着いてしまったけれど、ひとりで入るのもなんだか気まずかったあたしは、そのまま蛍くんを待っている。

店をちらっと覗いてみたら、女の人と港さんがしゃべっているのが見えた。

きりっとした小顔の女性で、着ている服もレーシーなカットソーに白いパンツと、アクティブな印象だ。チョコレートブラウンのセミロングの髪が綺麗なウェーブを描いて流れている。

覗き見ていたあたしの頭を、戻ってきた蛍くんがペチンと叩いた。

「お前なにしてんの。こんなとこ突っ立ってないで中に入ればいいだろ」

「うん……そうなんだけど」

あたしはちらちらと、店内の港さんの首元を気にしていた。そこには見覚えのあるチェーンがぶら下がっていて、多分服の下に指輪があるんだろう。

「お前、いったい先生のなにをそんなに気にしてんの」

「う……」

思わず言葉に詰まる。今は仕事中みたいだし、港さんに今日は聞きに行けないだろうしなあ。

あたしがうだうだしていると、蛍くんは「はあ……」と溜息をついた。

「それ、俺が聞いたらいけない話？」

「……」

さすがにこれ以上、蛍くんに迷惑かけるのも悪い。そう思い、意を決して口を開いた。

「ゆ……指輪、結婚指輪。それをつけてるから。ほら、港さんが……首にかけてるチェーンに……」

「指輪？　ああ……」

それで蛍くんはわかったのか、ちらっとドア越しに店内を一瞥してから首を振った。

「つけてるなあ。でもあれが結婚指輪だなんて、今知った」

「あれ……そうなの？　あたし、てっきり港さん結婚してるのかと……」

「先生が結婚？　んー……でもバイトはじめて一年半くらい経つけど、俺が知ってる限り、結婚はしてないと思うけど。あのチェーン、俺が出会ったときからずっと着けてはいるけど……」

蛍くんが小さく「まあ、〝今は〟って話だけど」と付け加えるのを聞きながら、あたしは視線を落とす。『今は』結婚していない。そのことにほっとしたのは事実だけれど、指輪の謎は解けていない。

あたしのうだうだした態度を一蹴するように「ああ、もう。こんなとこ突っ立ってたら暑いだろうが」と声を荒らげると、そのまま蛍くんに引ったてられるようにして、店の中に押し込まれた。

カランカランというドアベルの音に、港さんは一瞬だけこちらを見て、笑顔と会釈だけで挨拶をくれたが、すぐさま女性客の応対に戻る。

プン……と漂うのはパーマ液の匂い。ちらっと席を見たら、パーマ用のマシンが出ている。それを見た蛍くんはマシンやカット台の周りを片付けはじめた。女性客はなおも、レジカウンターを挟んで相対する港さんを睨みつけている。

「お代はいただけないって……どういうことですか⁉」

語気を強める女性に対しても、港さんはいつもの穏やかな物腰を崩すことはない。

「ですから、お話を聞かせていただきましたので、お代はいただきません。うちはそのようなサービスをしておりますから」

「そんな……タダでこんなに綺麗にしてもらって……それって新手の商法ですか⁉」

どうやら、この人は失恋のお客さんだったようだ。サービスのことをまったく知らずに来たんだな、きっと。それにしてもタダで髪を切ってもらって怒る人っていうのははじめて見たな……。

落ち着き払ったままの港さんに代わって、あたしの方がおろおろしてしまう。でもおろおろしたところで、どうしたらいいかわからないんだけど。

そのとき、片付けから戻った蛍くんが、港さんの脇からレジカウンターの裏をゴソゴソ漁って、なにか取り出した。

それは【coeur brise】の紹介パンフレットだった。三つ折りのそれを広げて、女性に差し出したのだ。女性は胡乱気（うろんげ）な目で蛍くんとパンフレットを見比べる。

「当店で行っているサービスです」

「……『お話をお聞かせください、あなたの心を癒やすお手伝いをいたします』？……これって、ただのキャッチコピーじゃ」

女性のとまどったような問いかけに、港さんは穏やかに返事をする。

「デリケートな問題ですので、はっきりとはパンフレットには書けませんが、お話を聞かせてくださった方のお代はいただかないという、そういうサービスです」

そりゃそうか。インターネットではこの店の噂は流れているけれど、店側が公式に、そんなわかりやすく書いてしまったら、あたしみたいなのがたくさん店に押しかけてしまう。港さんにしろ蛍くんにしろ、ある程度は覚悟してるって言ってたけど、それにしたって限度ってものがあるんだろうし。

女性はそれを聞いた瞬間、どっと顔が赤くなったと思ったら、破顔した。

「そっかぁ……私、あなたがなんだかすごく聞き上手で、ついずっと愚痴を聞いてもらっていただけだと思っていたのに、そのうえタダにしてもらって申し訳ないです」

「いえいえ。それが当店のサービスですから」

港さんは、相変わらず穏やかな雰囲気のまんま、彼女に微笑んだ。

「ありがとうございます。すっきりしました。あ、次のカラーの予約を入れても大丈夫ですか？　そのときは代金をお支払いしますから」

「はい、もちろんです。またのお越しをお待ちしております」

彼女は蛍くんが差し出したパンフレットを受け取り、本当にカラーの予約を入れると、にこやかに立ち去ってしまった。

あたしはふぅと息を吐き出す。

「あの……今の人はいったい」

「当店のサービスを使ってくれた人だよ。転職するから、その景気づけにパーマをかけてイメチェンしたいっておっしゃってね」

「……失恋……した、んですよね？」

その質問には港さんは答えてくれなかった。ただいつもの笑顔を浮かべるだけだ。

個人情報、ってことなのかもしれない。本当は失恋のお客さんが来て、あたしが居合わせてそれを聞いてしまうのだって、相当なお目こぼしなはずだもの。

それにしてもさっきの人は、吹っ切った顔をしていて格好よかったな……あれ？　それで気づいた。あのマンガで退場したライバル女子のことを。

あんなに簡単に吹っ切れるものなのかなと、ずっと疑問だったんだけれど。

もちろん、あたしが知らないだけで、さっきの人も悩んで苦しんで、どん底の時間があったのかもしれない。これから思い出して落ち込むことだってあるかもしれない。でも、今はもう颯爽と歩く自信や、自分を着飾る余裕を取り戻したってことだけはまちがいない。

転職だってもしかしたら、失恋をバネにしたのかもしれない。だとしたら失恋って、なにかの原動力にもなるのだろうか。

少女マンガの彼女は、留学先で夢を叶えるために勉強するんだろう。さっきの人も、新しい職場で頑張るんだろう。引きずるだけが、恋じゃないんだ……。

勝手にひとりで納得していたら、港さんがあたしのことを何気なく見た。

「葵ちゃん、今日は学校じゃないんだね？」

ああそうか、今日は制服でもないし。思わずピンッと背筋を伸ばす。

「今日は試験明けの自宅学習日なんでっ！」

「そっかそっか。もうすぐ高校も夏休みだしねえ」

そう頷きながら、港さんは「高山くん、彼女になにか出してあげて」と言う。蛍くんはいったん奥に引っ込むと、カプチーノを持ってきてくれた。

「聞かなくっていいのかよ」

蛍くんはいつもの悪い目つきのまま、ぼそりとあたしに言う。カプチーノの入ったマグカップを「ありがとう」と受け取りながらも、あたしは港さんを盗み見る。

港さんはというと、予約票の確認をしているみたいだ。

相変わらず、港さんが動けばかすかにしゃらんと音がする。どうしても視線がチェーンを追いかけてしまう。でも。

あたしは軽く首を振った。

「……聞けないよ」

失恋をバネにして、元気に新天地に旅立つ人もいる。思い出を大事に抱えて生きていく人だっているし。みんな、失恋してもその先の未来を生きている。


……ああ、そうか。菫があたしに対して言っていた、あたしは恋愛をマンガみたいに思っているっていう指摘。それの意味がようやくわかったような気がした。

少女マンガを読むように、惚れた腫れたを見ている。読者はマンガ内の出来事に関与なんかできない。それと一緒で、恋愛をただ傍観者として見ているだけなんだ。

あたしは未だに傍観者をやめることもできず、話を進められないまま、ただずるずると、港さんの近くにいる。

迷惑かけない恋はない

教室の窓から吹き込んでくる風が生ぬるい。あたしは溜息をついた。もうそろそろ夏休みだけれど、なかなか気分が晴れないのは、この間の出来事が原因かなあ。

あれから、また【coeur brise】には足が向いていない。

お店にいる間は、いつも心待ちにしていた時間を過ごしているような気持ちだったのに、いざ離れてみると、なにをそんなに浮かれてたんだろうって、自分で自分がわからない。

体操服にハーフパンツという出で立ちで、大掃除の雑巾がけをしていると、菫の姿が目に入った。

今日は登校して早々に、お腹が痛いからと保健室に直行だったのに、いつの間にか戻ってきてたんだ。教室の隅にサボり組の子たちがスマホを持ってたむろっていた。その端っこで菫は三角座りをしている。

あたしはムクッと起きあがると、雑巾を手にしたまま、菫の元に歩み寄った。

「よーっす、大丈夫？」

声をかけると、菫にしては本当に珍しい、愛想のない声で答えてくる。

「葵……葵の方こそ、最近元気なかったのに」

「んなことないよ？　でもどうしたの、菫。いつもはあんた、掃除とかはサボらないのに。お腹、平気？」

「……ああ、いや、まあね」

「なんだ、やっぱりサボりだね？」

あたしはニヤリと笑う。

サボるにしても、男子と女子だと何故かサボっている場所は違う。

男子は中庭とか外とか、校舎裏でサボるのに対して、女子は校舎内。女子の場合は単に日焼けしたくないせいだとは思うけれど、男子はこんなに暑いのに外でサボるなんて、元気だ……。

そのとき、いつもなら風紀の先生に目をつけられない程度には化粧してる菫が、今日は明らかにすっぴんなことに気がついた。

「どしたの。元気ないよね、やっぱり」

「……まあね、本当。最悪」

「最悪って」

「……信じらんない、あのね。あいつ、浮気してたの」

ああ、なるほど。彼氏と喧嘩したのか。

「あいつの部屋で、女と鉢合わせした」

「あー……」

決定的瞬間を、迎えてしまったわけだね。

菫は相手の気持ちをたしかめるために平気で二股かけるクセして、自分が浮気されるのは絶対に許さない。

だから相手のスマホも勝手に見て、メールやＳＮＳだって覗いてしまう。

ファッション感覚で恋をしてるのかなあとも思うけれど、実は小さなことも気にしてしまう、繊細な子なのだ。あたしは雑巾を持ったまま、菫の隣にトンと座る。

そのまま、彼氏への文句を続ける菫に顔を向ける。浮気発覚時の模様に熱がこもる菫の話に相槌を打ちながら、あたしは菫の髪に気を取られていた。脱色した金髪も、根元のほうは地毛の色が出はじめている。そろそろカラーをしたほうがいいんじゃないかな？

そのとき、ふと口をついて出たのは……。

「ねえ、菫。港さんの美容院行ってみれば？」

「えー……ヤダ」

「ちょ、人にあそこの美容院紹介しておいてなんでよ」

あたしが思わず笑ってしまうと、菫は目を細めて、ふて腐れたような顔をする。

「だって、今の私は心がものすっごーく狭い自信しかないもの。人が幸せそうにしてたら、叩き潰したくなる」

「……それ、ものすっごく性格悪いこと言ってるよ。わかる？」

「わかってるー。性格ブスになってる自覚があっても、ものすっごく妬ましい」

「って、誰が幸せそうなの。お店にいるのは名カウンセラーの港さんと、女子の扱い雑だけど悪い奴じゃない蛍くんくらいだよ」

「そこなんだよー」

菫は膝を折り畳んだまま、じっとあたしの顔を覗いてくる。化粧っ気は全然ないものの、自前のまつ毛は長くてボリュームがあって、上目づかいで見つめてくる目がマンガみたいにクリクリしてるので、同じ女なのにドキリとする。

思わず視線を逸らそうとするけれど、菫は逃がしてくれなかった。

「だってさあ、どう考えても、その港さん……店長さんが原因で、葵が落ち込んでるんじゃない。なに私の可愛い葵を泣かせてんだと思っちゃうわけよ、ぅん」

「って、泣いてないよ!?　そもそものそのひねくれた見方と、さっきの人の幸せ叩き潰したいって発言が、どう繋がるのよ!?」

「えー……だってさあ、葵、気づいてた？　あんたあそこの美容院の話するとき、ものすっごい幸せそうなんだよー？　あんたがやたらと店長さんのことでへこんでるときだってねえ」

「え？」

思いもかけない菫のセリフに、あたしは目をパチクリさせてしまった。

だって、あたしはあそこで、なにか特別なことしてるわけじゃない。

ただ人の失恋話を聞いたり、時には港さんが失恋したお客さんじゃない、普通のお客さんの相手しているのを見ながら、カプチーノを飲んで、他愛ない話をしていただけ。それはテストの話だったり、季節の話だったり、全然取り留めもないいい加減な話だったり。

でも言われてみれば、そんな世間話をしているっていう、それだけがものすごく楽しかったのは事実だ。

「……それが、なに？」

あたしが本気でわからないという顔をしてみせたんだけれど、菫はしたり顔で笑っている。

だから、なんでそんなに意地悪い顔をするかなあ。

「だってさあ……あんたいったいどんな理想を抱いてるのか知らないけど、その幸せで幸せでたまらないっていうのが、もう〝恋〟なんだもの」

「へ……へ？」

あたしは意味がわからないながら、何度も何度も菫に繰り返し指摘されていた言葉を思い出す。「港さんのこと好きなんじゃないの？」と聞かれたこともあった。まあ、正直少しは自覚もしていたけれど。

それでも、恋だという確証は未だに持てていなかった。だって別に……どうこうなりたいとは思ってないし、嫉妬で荒みまくってる菫みたいなことにもなってないのに。

あたしがまだ納得いかないっていう顔をしていても、なおも菫は追及を緩めてくれない。

「恋って中毒だと思うんだよねえ。甘い。おいしい。ほしいほしいって。砂糖も摂りすぎれば中毒になるっていうけど、多分恋も同じだと思うんだよねえ。だから最初は意味がわからないで流してても、なくしてからあれが恋だって気づくの」

「……菫ってときどきポエマーみたいなこと言い出すよね」

「うっさいうっさいっ！　恋したら皆ポエマーになるんだよ、どうしてもっ！　ああ、もうっ……わかった、やっぱり行く」

「えっ、どこに？」

「話振ったのは葵だよね!?　美容院だよ。行こう！　一緒に行って、私がたしかめてやる!!」

「……え、うん……って、なにを!?　っていうか、あたしも行くの……？」

あたしの言葉は耳に入らなかったらしく、菫の勢いは止まらない。

「うん、がんばろう！　葵！」

慰めていたはずなのに、気がついたら慰められていて、ものすっごく妙な気分になる。

とにかく、どさくさに紛れてあたしも【coeur brise】に行くことになってしまった。

この炎天下に、アスファルトに焦がされながらあの坂を上るのは、結構骨が折れそうだなと、あたしはそんなことを思った。


潮風は今日も生ぬるく、誰かが水撒きしたらしいアスファルトには、ゆらゆらと陽炎が漂っているように見える。

そこをあたしと菫は歩いていく。菫は日傘を持って来ていたので、あたしも入れてもらった。

日陰は小さいし、日傘だってちっとも日除けの機能をしてくれないけれど、それでも妙に浮かれた気分になるのは、久しぶりに店に行くせいなのか、それとも。

「あ、あそこ」

【coeur brise】が見えてきたので、立ち止まって指で指し示すと、菫は空いてる手を庇のように掲げて、目を眇めた。

「うわあ。本当にあった、美容院！」

「そもそも教えてくれたのは菫でしょうが」

「そうだけどさあ……いやあ、本当に見事なまでに、失恋したときに髪を切りたくなるような店だね。潮風も気持ちいいし」

白い外観を見て、うんうんと頷く菫に、あたしは思わず吹き出す。

「……それ、どんな褒め言葉。斬新過ぎて全然意味がわからないよ」

「そーお？　それじゃあ行こうか」

そう言うと、菫はまたズンズンと歩きはじめる。置き去りにされたあたしは慌ててあとを追った。

「こーんにちはー！」

店の前まで来て、ひと息つこうとするあたしを差し置いて、菫がさっさと日傘を閉じてドアを押し開ける。まったく、臆するという言葉を知らないんだから。

「いらっしゃい」

どんな顔で店に入ればいいのか、あたしは内心ビクビクしていたから、出迎えてくれた港さんが、いつもの優しげな顔なことに思わずホッとする。

お客さんはひとりもいないようだけれど、シャンプーや整髪剤の香りが漂ってるから、きっと帰ったばかりなのかもしれない。

ちらっと港さんの首を見る。相変わらず、シャツの襟ぐりから、いつものチェーンが覗いていた。

向こうではシャンプー台を掃除していた蛍くんが、ほんの少しだけ驚いたような顔をしてこちらへ来たけれど、菫の日傘を「お預りします」と持って行っただけだった。

「……あれ、葵ちゃんと……同じ制服だね」

「あっ、はじめましてぇ、小林葵の親友でーす」

「菫っ……！　いったいどんな自己紹介!?　あ、こんにちは……」

菫がぶんぶんと笑顔で手を振って、無遠慮に港さんを見るので、あたしはあわあわしてしまう。

やめて、港さんを敵を見るような目で見るのは、やめて……！

対して港さんは穏やかな表情をちっとも崩すことはなかった。ただ不思議そうに一瞬だけ菫を覗きこんだあと、ふっと柔らかい笑みを浮かべた。

「今日はどうかしましたか？」

「髪を切りたいんです。あとついでにカラーもしたいかな、と。ちょっと彼氏と別れちゃいまして」

菫のあけすけな物言いにちょっとハラハラするけれど、港さんは面白そうに頬を緩めている。

「ざっくりとしてるねえ。じゃあちょっとついてきてね」

「はあい」

菫が港さんについてシャンプー台に向かっていくのと入れ違いに、蛍くんがやってきた。

「おい、なんだよあのどぎついのは」

「こんにちは。どぎつくないよ。菫はあたしの友達なんだから、失礼なこと言わないでよね」

蛍くんのいつもの憎まれ口にも、ひと安心する。

「……お前みたいに嘘ついてんじゃねえだろうなあ……」

「嘘なんてついてないよ。フラれたって、学校でもショックで落ち込んでたんだから」

「……そのわりには元気そうじゃねえか」

蛍くんは疑り深い顔で、シャンプー台ではきはきと答えている菫に視線を送っている。

うん。たしかに事情を知らない人だったら、あの菫の様子を、失恋と結びつけるのは難しい。

恋とかそういう感覚は、指摘されてもよくわからないあたしだけど、菫のことはよくわかってる。

「ちがうよ。あれは菫の虚勢だよ」

菫は格好つけるから、落ち込んでるときはひとりで勝手に落ち込むんだよ。あたしには当たり散らすこともできるけど、あの子は他の人にそんな姿は見せられないんだ。

落ち込んでるのを慰められるの、本気で嫌がるからなあ。失恋してしてもさ、菫は。

＊＊＊＊

私が失恋したばっかだって、信じてくれたんですか？　よぉーくわかりましたねえ。よく誤解されんですよねえ。私、そんなに自己チューに見えますかねえ？

そう、葵にこの店のこと教えたの私なんですよー。あの子もばかだから、スマホ代でしょっちゅうお小遣い止められるもんだから。でも、嘘ついちゃダメっすよねー……って、私がけしかけたんですけどね、すいません。

これでも情報には敏感な方なんで、噂を知って、私も失恋したら一回は行ってみたいなあとは思ってましたしねえ。ふふん。

ああ、軽過ぎますかぁー？

でもさあ、失恋ずーっと抱えてる重い女には、私なりたくないんですよねえ。だから次の恋を探すんです。そうすると周りには〝頭緩すぎ〟とか思われがちですけどぉー。だったら逆言っていいですか？　男って重い女にドン引きせずに「好きぃー」って言えないっしょ？

いや、女の重たさ舐めちゃいけませんよ、世の中、ヒモ男に引っかかった憐れな女っていうのをよく聞きますけど、あれ逆なんですよ、逆。他の人のところに行ってほしくないから、自分以外頼れないように道筋どんどん断っていって、最終的にヒモ男にまで育ててるんですよ。

怖いでしょー。ほんっと怖いです。

で、私の失恋ですがぁー。

うーん……今回のでいいですよねえ？

ああそう、私、すぐフラれるんですよねえ。私これでも身持ち堅いはずなんですけどねえ。そりゃあんまり放っておかれたら、魔が差すこともありますけど。でもあくまでフリっすよ。それならかけひきの内でしょ？　ホンキの浮気はダメ。だって、そんな軽〜い女になりたくないじゃないっすかー。

次の恋をしたいならちゃんと終わってからじゃないと。

でもまあ、この間の彼は、私のことキープ扱いしてたクサいんですけどね。私は「浮気された」って取りましたけど、あちらからしたら私の方が「浮気相手」だったんでしょうねー。ひどい話です。

元カレと元カレの今カノと一緒に遊びに行く機会あったんですけどねえ、そこで彼を紹介されたんですよぉー。

え？　この人間関係がまずおかしい？

おかしくはないですよぉー、だって全員同じバイト先関係の人ですものぉー。

彼氏にフラれたからって、ひょいひょいバイト辞めたりはしないっすよ。だって仕事覚え直すの面倒くさいしぃー、人間関係面倒くさいしぃー、なにより今のところって、仕事内容のわりに時給すっごくいいんでもったいないんですよねえ。

さすがに連休とかになると、高校生にここまでさせるかってくらい酷使されたりしますけどねえ。

あー、話逸れましたよねえ、ぐねって、九〇度くらい曲がった感じ。

バイト先はハンバーガーショップなんですけどぉ、彼はそこで前に働いてた人だったんですよ。専門を卒業して、今は働いてんですけどねぇ。

話してたら一緒のバンドが好きだってのがわかって、チケット余ってたからっていう理由で誘われて、ふたりでライブ行くことになったのが縁ですよねえ。

いやあ、音楽の趣味がおんなじっていうのはいいですよね、一緒にライブ行けますし。地元のライブだったら葵もついて来てくれるんですけど、県外行かないといけないようなのだと、無理には誘えませんもん。お金もかかるし。私も越県するためにバイトしてるようなもんですしねえ。その点、彼は社会人なんで。

で、ふたりでしゃべってライブに行って盛りあがったら、自然と気分も高まりましてねえ。

一緒に夜行バスに乗って話をするっていうのはロマンですよねえ。ふたりでさんざんしゃべって、最終的には隣同士の座席で寝てたら、自然と付き合ってるような感じにもな

ります し。

……まあ、葵にも聞こえてると思うんで、ここら辺で割愛しますけど。いや、私にだって、内緒にしときたいことはあるんですよ、これでも。

それでまあ、一緒に遊びに行くようになったら、彼の部屋にも興味湧くようになるでしょう？　彼の部屋にたびたび遊びに行くようになったら、今度は料理つくってあげたくなったりして。

私、こんなんでも料理は結構得意なんで、彼にご飯つくるようになったんですよね。材料買ってきて、適当に炒めたり焼いたりするようなやつですけど、それをつくってね。レンジもまともにないような有様だったから、一〇〇均ショップで鍋とかフライパンとか買ってきて、置かせてもらって。そうすると不思議ですよねえ。同棲でもしているような気分になってくるんですよ。

……ちゃんと家には帰ってましたよ!?　さすがにライブで遠征するとかは見逃してもらってるんで、それ以外で、いきなり彼氏ん家に泊まり込むようなことして親を泣かせたりはしませんって。どうせ二年後には家を出てくつもりなんだから、今はそんなんしませんって。

でもその同棲っぽいやつも、三か月くらいで終わりを迎えました。

料理スキルをどんどんあげてるのを見せつけたくって、また材料を持って行ってご飯つくってあげようとしたらですねえ……。

……あの女と鉢合わせしました。

どっちが彼女なんだ？ってことで、もう摑み合いのケンカになって、殴られましてねえ。いやあ、あの女。次会ったらマジでただじゃおかねえ。

まあ、あの女は嫌いですけど、彼女の気持ちもわかったんですよねー。だって部屋に遊びに行くたびに、見知らぬ調理器具が増えていくんですから。

彼、マジで料理しないのにですよ。ひとりだと絶対に使わない調味料……塩コショウくらいだったらまだしも、シナモンとか缶のカレー粉なんて、普通ないじゃないですか。

そりゃあ腹も立ちますよね。

挙げ句に、私の方が浮気相手だった訳なんで。

それが、なんと昨夜の話だという……。

でもまあ、彼がどうして私をキープに使ったのかっていうのも、あの女を見たらなんとなーくわかりました。

その女が、美人で頭よさそうで、いわゆる高嶺の花タイプだったんですよ。そんな相手と付き合えるってなったら、自分でも自分がすっごく上の部類の人間だって思えてくるじゃないっすか。

でも同時に寂しかったんじゃないですかねえ。

私が好きなバンドって、趣味が合う人にはすっごく人気なんですけど、好きじゃない人には意味がわかんないバンドだからって、嫌われるタイプなんすよねえ。私とそういうのが分かちあえたんで、それもほしかったんだろうなあ。

　彼女が私に摑みかかってきたのだって、別に美人でもなんでもない私が彼を盗ったように見えたのが気に食わなかったんだろうし。

　彼が私を助けないのを見て安心したかったんじゃないかなと思います。

　……あ、全部、ひと晩経った今だから、そうじゃないかって思えるようになった、ただの推測っすよ。本当にこんなクソガキが人の男に手を出しやがってって、キレただけかもしんないですし、彼も私は所詮キープだからどうなろうが知ったこっちゃなかったのかもしれないし。

　ただまあ……ひと晩泣いて泣いて、ようやく痛いなあって、現在進行形で傷ついてんですよぉ、これでも。皆に馬鹿だって言われますけどね、私。

　でも本当に彼のこと好きだったんです。

　一緒に音楽聞いて、盛りあがるのが好きだった。ご飯つくったら全部綺麗に食べてくれるのが好きだった。煙草を吸うとき、私に臭いが移らないようさらっと距離を取ってくれるところが好きだった。

　……本当、好きだったんですよ。もう会っても友達に戻ってると思いますけどねえ。今だけですよ。痛がっていられるのは。

　私、そうやってリセットしていかないとやってられないタチなんで。

　そうしないと、次の恋に行けないじゃないすか。

＊＊＊＊

呆れたというか、知らなかったというか。

　菫の恋愛観をこんな形で聞くことになるとは思ってもいなくって、あたしはただただ、

「へえ」とか「はあ」とか、そればかりを思っていた。

「……恋愛中毒ってやつかね、あれは」

　ボソリと言ったのは蛍くんだった。

「なにソレ」

「たまーにうちに来る客にもいるんだよ。オトコ渡り歩いていて、常に相手を切らしたことがないっていうのが」

「……なんで。痛いって菫、自分で言ってるのに」

「恋愛の痛みすらも快感に変えるってタイプだよ。お前もまあ……影響された方がいいんだかされない方がいいんだか」

　蛍くんは何故かあたしを撫でる。

　いつも平気で小突いたり叩いたりするクセに、ほんのときたま、あたしの頭を撫でてくる蛍くん。しかも今日は、その撫で方がやけに丁寧なことに驚いて、あたしは思わず見上げた。

「なんで？」

「なにが」

「いつももっと雑じゃん」

「いや、なんとなく」

なんだそりゃ。

あたしはそう思いながらも、蛍くんにされるがままになっていると、話を聞き終えた港さんが、いったんこちらに来た。髪の色見本を取りにきたようだ。

「先にカラーからするけれど、この色のままにする？　他の色に変える？」

色見本を見ながら、ふたりはまた話しはじめる。

「うーんと、それじゃあ久々に髪の色、大きく変えたいなと！」

そう言いながら、菫は色見本の中からひとつ色を見つけ出す。マロンペーストのような、柔らかい茶色だ。

「了解。で、カットだけれど……どうせだったら髪ももっと短くする？」

「わー、じゃあここは店長さんにお任せ、で」

「うん。あ、これはおじさんのひとり言になるけど」

相変わらず港さんはおっとりとした口調で菫に声をかける。

「あんまり、感情に任せて行動しちゃだめだよ？」

「へえ？　私そう見えちゃいます？」

「そうだねえ、誤解を招きやすい性格で苦労するだろうなあとは思うかなあ」

「でも今しかできないと思うんですけど」

「火遊びでやってる人なら、それもいいかもしれないけど」

港さんは迷いのない動きで菫の髪にカラー液を塗りながら、滑らかな声で告げる。

「本当に好きな人ができたとき、きちんと向きあってもらえる自分じゃなきゃ、きっともったいないと思うんだよ」

……説教くさい内容のはずなのに、しっくりと馴染む。こんな物言いができるのは、年の功なのかな。蛍くんも説教くさい言葉をよく吐くけれど、港さんの言葉ほどしっくりとこないもの。

「……私、どの人も本気で好きでしたよ？」

「うん、そうだと思うよ。でも、君のやり方はちょっとだけ、不誠実に見られるかなと思ったから」

「えぇー……」

「さっき君は、自分が自己中に見られてるようなことを言ったけど、そうじゃないんだよ。男の方が、自分の見方でしか物を見ないから、気をつけた方がいいんだよ。それに……」

港さんはカラー液を塗る手を止めて言った。

「恋と愛は、ちょっとちがうからねえ」

そう言って港さんが笑うような声を出すのに、自然とあたしの胸は軋んだ。

……あの、胸に提げた指輪の相手は、港さんが誠実に向きあいたい『愛する人』なんだなと、そう思ってしまったから。

　カラーが落ち着くまでの間、今度は菫が下世話な話を飛ばすので、あたしは思わず頭を抱えたものの、港さんは笑って話を聞いていた。ときどき蛍くんがげんなりした顔をしていたのは、そっと見なかったことにした。

　施術が終わって髪を乾かしたら、菫の髪もずいぶんと落ち着いた印象になった。そのままカット台の前に移動し、港さんがドライヤーをかけながら何度か菫に切ってもいい量を確認する。

「それじゃ、夏用にバッサリいくよ」

「はあい」

　菫の返事と一緒に、港さんはハサミを入れる。ショリ、ショリという音が響く。

　肩ぐらいまであった、伸ばしっぱなしですっかり傷んだ菫の髪は、あごの高さあたりで切り揃えられていく。

　最後に仕上げでシャンプーをしたあと、軽く整えたら、あれでもいつもに比べたら元気のなかった菫の態度はすっかりと拭い去られてしまったようだった。

　港さんに差し出された鏡で確認してから、菫は鮮やかな声を弾けさせる。

「うーわ、すっごい頭軽くなりましたぁ、ありがとうございまーす」

　港さんも、その菫をニコニコと見ている。

「気に入ってもらえたならよかった。せっかく明るい色に染めたから、少し空気感を出してみたよ」

たしかに毛先がふわふわと遊んでいて、なかなかガーリーだ。ああ、あれがエアリーボブっていうやつか。

「でも、自分でこんな髪型につくれないしなー」

「少しワックスをつけて、下からくしゃくしゃってかきあげるか、髪を持ちあげて落としながら、内側からスプレーすればいいから、意外に簡単だよ」

港さんの言葉に、「そうなんだ、やってみよー」と答える菫の表情はキラキラ輝いていた。

「これで、また新しい恋に生きられそうでっす！」

「また恋をするのかい？」

「そりゃしますよぉ、恋愛中毒だって思われてるみたいですけど、私は恋に命かけてんですから」

そう言ってエッヘンと胸を張る菫。

強いなあ……さっきまでの長々しい愚痴を思いながら、あたしはそっと溜息をついた。

蛍くんはあたしの隣で呆れたように半眼で菫を眺めている。

「……やっぱり、どぎついわー」

溜息交じりの蛍くんの言葉に、あたしは笑いを洩らす。

自分のことは、この港さんへの気持ちがあまりにふわふわしたもので、恋の括りに入るのかどうかさえわからないけれど、菫の気持ちはわかる気がする。

「菫は好きになった相手のこと、本当に好きだったから、その人たちを重荷に感じたり言い訳に使いたくないいんじゃないかなあ」

「それで次の恋って……ラーメンの替え玉じゃあるまいし」

「あー……傍からだったらそう見えるのかもしれないけど……」

恋人を切らしたことのない人が、いったいどんな恋をしているのかは知らないけれど。

大人が思ってるほど、ピアスや指輪を着けかえるような、アクセサリー感覚じゃないいんじゃないかな。

やがて菫は、ずいぶんとすっきりとした顔で振り向いて、あたしに小さく手を振った。

「大変お世話になりましたあー！」

「今日は失恋話をしてくれたから、お代は大丈夫だよ」

「ありがとうございます！」

菫がゆるふわの髪を揺らして、港さんにお辞儀する。

港さんが、日傘を手渡しながら「また遊びにおいで」と微笑んだ。

「そんなこと言ってぇ、私が葵と一緒に押しかけて来たら困るんじゃないですかあ」

「別に困らないよ。女の子が来るなら、大歓迎」

「そっか。それじゃあ、お邪魔しましたぁ！」

そう言って踵（きびす）を返して、菫は今にも店を出ようとするので、あたしは慌てて立ちあがった。

普段だったら、もうちょっと店にお邪魔しているところだけど、今日は菫と一緒に帰ることにしよう。そのまま、港さんと蛍くんに頭を下げる。

「それじゃあ！」

「うん。あ、葵ちゃん」

「は、はい……！」

ふいに港さんに呼び止められたので、あたしはドキリとして、背筋をピンと伸ばす。

「なにがあったのか知らないけれど……また遊びにおいで」

「あ……はいっ！」

港さんにそう言われて、自然と温かい気持ちが広がっていくのがわかった。やっぱり港さんは、あたしが来ないことを気にしてくれていたんだ。

掃除をはじめている蛍くんは、ちらりとこちらを見ただけで、すぐにホウキとチリトリで髪を集める作業に戻った。

あたしがドアの前で待つ菫を追いかけようと背を向けたら、その背中に声がかかる。

「普段から馬鹿みたいなこと言ってる方がお前っぽいから、いつもみたいにしてろ」

反射的に振り向いて、あたしはひと言。

「あんだと、コノヤロー！」

「それでいいんだよ」

蛍くんににやりと笑われて、あたしは思わず歯をギリギリとさせたけれど、蛍くんはそのまま掃除に戻って、黙々と床を掃いていた。

笑顔の港さんに見送られながら、あたしと菫は店を出た。

相変わらず潮風は生暖かく、磯の香りを主張してくる。そんな風になぶられながら、あたしと菫は歩いていた。

日傘を差した菫は、それをクルクル回して見るからに上機嫌そうだ。

「店長さん、いい人だったねえ。でも、あのツンデレ入ってるお兄さんもいい感じだったなあ……。乗り換えちゃえば？」

「乗り換えって……そもそもあたし、港さんともなにもないから、乗り換え以前の問題だし……」

あたしが思わず明後日の方向を向いたとき、ふいに菫が指摘してきた。

「ちゃんと好きって言わなくってていいの？」

「……別に、好きって言って、なにかが変わるってわけでも……」

「変わるよ、すっごく変わる！　世界が変わるんだよ！」

あたしの言葉が終わるのも待たないで、菫は大きな声で主張してくる。あたしは少し気圧されてしまった。

恋をしてみたいとは思っても、実際はお付き合いをしてみたいって思ったことなんてない。それが楽しいんだって言われても、やっぱりピンとなんて来ない。

だから菫がどうして、こんなに目をキラキラとさせてそう主張してくるのかが、あたしには理解できなかった。

想像力が追いつかなくて、途方に暮れているあたしにかまわず、菫の主張は止まらない。

「だってさ、好きって言ったら退路を断てるんだよ。友達にはもう戻れないし、曖昧な態度を取ることだって許されない。だから一撃必殺の言葉なんだよ」

「……そんな重たい言葉、そんなひょいひょい使っていいものなの？」

「使うよ。だって、恋っていうのはそういうものじゃん。あなたが好きです大事です一緒にいましょうそうしましょうって、そういうの。そこにイコール付き合ってくださいって意味が込められる場合もあるけれど、ほとんどは、好きって言葉だけで完結するんだよ」

「て、哲学的過ぎない？」

「そんなこと言ってたら、世の中の恋人たちは全員哲学者だね。ソクラテスやプラトンになれるよ」

「それ、倫理のテスト範囲だったよね？」

「うん」

　ソフトクリームみたいな入道雲が、少し赤く染まりはじめているなあと思いながら、菫の主張に思いを巡らせてみる。

　退路を断つって、それはうまくいかなきゃもう港さんのお店に行けなくなるってことじゃない。

　そういう思いがある一方で、今ではもう、ただの遊びに来ている高校生って役割にはめこまれてしまったのも、辛いような気がする。

港さんにとって、あたしはなんなんだろうって思っても、本当に『遊びに来ている高校生』なんだろうし、そもそもこの年齢差は、きっと高いハードルだ。

黙り込んでいるあたしに、なおも菫は言葉を続ける。

「葵に足りないのは、ハングリー精神だね。うん」

「ハングリーって……恋したいっていうやつ？」

「恋したいなんて生ぬるい。彼氏ほしい彼氏いないと死んじゃうっていう、それくらいの欲求だよ」

「そんな欲求生まれてこの方持ったことないよ!?」

「それだよ。恋愛を全部他人事だと思ってる」

そう言われても……恋が、本当に自分に降ってくるものだなんて、全然思えないんだもの……。

あたしが喉の奥で言葉を詰まらせている間も、菫は止まらない。

「いい？　恋っていうのは、自分が主役なんだから、もっとイケイケドンドンで行かないと、傷つかない代わりになにもはじまらないんだよ」

「……なんでいっつも菫はそこまでいけるの」

「だって、私は自分が主役になりたいもの。それにさ、恋すると、自分も知らない自分の一面をいっぱい知れて、楽しいよ。そりゃ別れるときはしんどいけどさ」

そうしれっと言い切る菫が、あたしにとっては羨ましい。

あたしはぼんやりと浜辺の方を見た。今日も太陽の日差しを浴びながら、ヨット遊びをしている人たちが見える。

あたしは、「はあ……」と息を吐き出した。

「……港さん、すっごくいい人なんだよ。でもね、全然底が見えない」

あたしは、ペンダントトップの指輪が気になっている。気になってはいても、未だに聞きそびれている。

「なるほど、自己防衛に走らないと参ると」

「今の話のどこにそんなこと言ってた部分あった!?」

「私にはそう聞こえたけどなあ」

菫に混ぜっ返されたような気がして、あたしは思わず唇を噛んで「くーくー」と唸ったけれど、菫はただただ笑うだけだ。

「言うだけ言ってみればいいじゃない。それか、自分が告白しなかったらいい」

「はあ？　さっきから、告白しろって言ってたんじゃなかった？」

「だからさ、友達の話です……ではじめて、それで告白してみればいいじゃない。それで、現状維持と一歩踏み出すことはできるよね」

「……それって、していいことなの？」

「いいんだよ。問題は、自分が気持ちいいか、よくないかなんだからさ。恋なんて」

極論だ。極論過ぎる。

そうは思うけれど……。

あたしが再び浜辺の方に視線を移すと、カモメが横切って行くのが目に入った。そして菫に視線を戻すと、菫はにかっという笑顔を浮かべたままだ。

「……そう、だね。一歩でも進むならそれでいっか」

「うんっ、女は度胸！」

「ありがとうね」

好きってたったひと言を言うだけで、世界はそんなに変わらないと思う。

でも。港さんの知らない顔を見てみたい。あたしの知らない一面を知って満足したいとは思わないけれど、港さんが困った顔がどんなものか、ついつい知りたいと思ってしまったあたしは、きっと欲張りだ。

号泣するにはまだ早い

夏休みは唐突にはじまった。いや、カレンダーどおりにはじまったんだけれど。休みの直前にいろいろあったせいなのか、夏休みに入るまでずいぶんと時間がかかったような気がする。

結局あたしは、郵便局で短期のバイトをすることにした。

毎朝郵便局に行って仕事して、昼間は家でご飯を食べてから【coeur brise】に通うことが増えた。一応、夜に宿題をしつつも、菫と電話したり、途中で飽きて遊んでしまったりとダラダラしている。


「あっつう……」

蟬時雨(せみしぐれ)が余計に体感気温を上昇させる。今日も街路樹の影を縫いながら、よたよた歩く。

昨夜電話で、菫と話したことを思い返しながら。

そもそもは夏休みの自由研究だ。

一応、数学や英語の課題はひとりでやった方がよさそうだと考えて、既に覚悟を決めているのだけど、自由研究というのは自由な分だけなかなか厄介だ。去年だって、工作的なものでもOKだからと高を括っていたら、最後まで残って、休みの終わりに慌ててやった。

今年はそうならないよう、菫と一緒にやろうと思って、相談の電話をしていたわけである。ふたりで「手芸？」「エプロンは去年つくった気がする。つくって満足して一度も使ってない」としゃべり合っていたら、だんだんと脱線していった。

「それでさあ……勉(つとむ)ってばアプリのメッセージ送っても全然返してくれないの。丸一日放置されたの。信じられる？」

　気づいたら、菫の彼氏の愚痴を、あたしは延々と聞いていた。

「うーん……一日放置はさすがにないかなあ」

「そうだよ、私は別に十分おきに返事をくれなんて言ってないんだよ。せめて読んだのかどうか返事をくれって言ってるだけで。なんかあったんじゃ？って心配するじゃない」

　この間フラれたって大騒ぎして、港さんに髪まで切ってもらったばかりなのに、菫はしっかりと新しい彼氏をつくっていた。いったいどこで見つけてきたのやら、あたしにはさっぱり見当がつかない。

　しょうがないなあと苦笑しながら聞いていたら「ところでさあ……」と言いながら、菫が爆弾を投下してくる。

「そういえば、葵の方はどうなったの？」

「え？」

「ほら、店長さんのことだよ。あれからなにか進展あったの？」

　なんでここで港さんの話を投げてくるかな……。なにもないよ、だけで終わらせてくれないだろうな。あたしは一瞬押し黙ると、どうにか言葉を探す。

「……港さ……店長さんね、結婚指輪持ってるじゃない。全然それの話題に触れられてないし……」

「だーかーらっ、まずはそれを聞き出せって話だよっ！」

「どんなタイミングで聞けばいいの？　……あたしだってそこまで空気読まないことできないよ」

「あらま、そこまで難しく考えることなのかね」

電話の向こうで菫がにやにやしているような気がする。あたしはいたたまれなくなって言い訳しようとするけれど、それより先に「でもさあ」と菫が口火を切った。

「本人に直接確認する以外ないでしょ、そんなの。あのバイトのお兄さんは知ってるの、指輪のこと」

「……指輪つけてるのは知ってるけど、いつからつけてるのかまで知らないって」

「ふうーん……結婚指輪だったとしてもさあ、それが虫よけの可能性だってあるじゃない。ときどきいるよ、未婚だけど人がへたに寄ってこないようにって結婚指輪をチラつかせている人。それ聞かないでどうすんのよ」

「あ……」

ポロポロと鱗(うろこ)が落ちたような気がした。

でもな……。前に港さんが言っていた「恋は指輪のようなもの」って言葉があたしの中にずっと残っている。大事なものだと思うんだ。この言葉は、どうも触れちゃいけない気がして、菫にも言ったことがない。

菫が「うーんとねえ……」と再び言葉を投げてくる。

「あたし、こないだ言ったじゃん。〝好きって言えば世界は変わる〟ってさ」

「言ってたね……」

「あんたが店長さんに嫌われたくないから、現状維持でもかまわないっていうんだったら、それでいいと思うよ。でもさ、あんたが苦しい、終わらせたいっていうんだったらさ、終わらせるつもりで、言ってみた方がいいと思うんだよねえ……」

「終わらせるってそんな……」

「だからさ、言ったじゃん。〝好き〟って言葉は退路を断つための言葉だって」

菫は恋愛のことになったら、途端に饒舌（じょうぜつ）になる。あたしはただただ聞き役に回りながら、その話に耳を澄ませていた。

「葵はね、そろそろ傍観者をやめた方がいいよ。恋愛って一対一じゃないとできないし、見てるだけでどうにかなるもんじゃないんだよ」

ぶっすりと言葉を突き刺してくるんだから、友人っていうのは偉大だ。

「うん……そうだよなあ……」

昨日の菫の言葉に再び心をやられながら、坂道を上る。

苦手分野だっていうのはわかってる。店で失恋の話をずっと聞いていたクセに、それを全部『他人事』にしてしまっていたんだから。

恋愛だけじゃない、どんな出来事に対してもあたしはそうだ。人の話は、聞いていると面白い。でも自分が巻き込まれてしまったら、途端に煩わしくなってしまうし、逃げ出してしまう。おいしいところ取りしているつもりなんかなくっても、無意識のうちにそうしてしまっている。傍観者っていうのは、つまりはそういうことだ。

今の距離感が居心地いいと感じている。だから指輪の一件に触れて、なにかが変わっちゃうのが嫌だなあと思っていることだって同じ話だ。このままがいいって、ずるずる引きずっているのだから。

そう考えている間に、いつもの涼しげな白い外観の店が見えてきた。ちょうど、カットを終えた女性客が店から出てくるところとすれちがった。日傘を差して、あたしが今来た道を下りていく。

そうだよな。本当なら、ここは髪を切るお客さんのための出入り口だ。次からは、裏口から入った方がいいのかな……と、そんなことにもあたしはいまさらになって気づく。

「こんにちはー」

店に入った途端に快適な空調の風と一緒にシャンプーの香りが鼻孔をくすぐる。あたしの挨拶に、手を洗っていた港さんがひょっこりと顔を出してくれた。

「ああ、いらっしゃい」

「今日ってお客さんが多そうですか?」

「もうすぐ次のお客さんが来るけど、大丈夫だよ」

いつものようにしゃべりながら、あたしは待合席に座った。ペーパーバックに視線を落としていたら、片付け物をしていたらしい蛍くんが港さんに声をかけてきた。

「すみません。もうそろそろ備品切れそうなんですけど」

「どれ？」

一部は美容院専門の業者さんに発注をかけるらしいけれど、それ以外のものはホームセンターで買っているらしい。蛍くんはちらりと時計を見た。

「すみません、休憩のついでにひとっ走りして買ってきます」

「悪いね、お願いするよ」

蛍くんはどうもこれから遅い昼休みらしく、そのまま買い物に向かおうとする中、あたしの方をちらっと見て言う。

「おい小林。これからちょっと出るけど、あんまり先生に迷惑かけんじゃねえぞ」

「な……誰が港さんに迷惑かけたりしますか……っ」

「そっか。なら別にいいんだけど」

人に嫌味を言って、そのまま出て行ったので、思わずあたしは地団太を踏む。なんでそんなこと言うのかな……っ！

が、あたしが腹を立てている様子を、港さんがにこやかに見ていることに気がついて、思わず床を踏み鳴らしていた足を正す。

「ごめんね。高山くん、葵ちゃんが元気ないみたいだって心配してたんだよ」

「なっ……気のせいですって！」

思わずそう返事をしつつ、ギクリと跳ねあがりそうな肩を抑える。

あれが心配してる相手に対するセリフ？

蛍くんのバイクが走り去る排気音を聞きながら、胸の中で悪態をつく。悪態をつくんだけど……。

そんなにわかりやすいのか、あたし？

そう自分でむずむず考えている間に、次のお客さんが入ってきた。常連さんらしく、港さんは笑顔で接客しはじめる。

「ずいぶんと髪伸びましたねえ……お盆休みに入る前に、一度ばっさりと切りますか？」

「そうですねえ……じゃあ、思い切ってうなじが見えるくらいまで」

「わかりました」

港さんがお客さんと会話しているのを聞いて、カウンセリングを済ませた人の髪にハサミを入れていく様を眺めるのは、いつも不思議と退屈とは感じない。

お客さんの髪が、来たときよりもずいぶん軽くなっていったり、綺麗な色に染まっていったりするのは、ありきたりの表現だけれど魔法みたいだ。それを見ているだけで、案外、退屈している暇なんてない。

それにしても、蛍くん全然帰ってこないな。バイトの休憩時間がどれくらいなのかは知らないけれど、そろそろ一時間くらい経つんじゃないの？　あのクソ真面目って言葉が似合う人がサボっているとも思えないし。

会計を済ませているお客さんが「あら……」と窓の方を見る。さっきまで晴れててまっ青だった空が、今は灰色に濁ってしまっている。

「朝の予報で、大気が不安定とは言ってたけどね」

「あー……もしかするとひと雨来るのかもしれませんね、降られないうちに気を付けてお帰りください」

そう言って港さんがお客さんを送り出してしばらくすると、店の電話が鳴った。慌ててレジカウンターに回り込んだ港さんが受話器をあげる。

「はい、【coeur brise】です……ああ、大丈夫かい？　うん。それだったら雨宿りしてから帰っておいで。こっちは大丈夫だから……いいよ。そんなに謝らなくっても。急いで帰ってきて、事故に遭ったら危ないからね」

電話を終えて戻ってきた港さんに問いかけた。

「今のって、蛍くんですか？　なんかあったんですか？」

「どうもねえ、ゲリラ豪雨に捕まったみたいでね。荷物が濡れるし無理したら危ないから雨宿りしておいでって言ってたんだよ」

「そうですよねえ……あ」

ふと窓を眺めていたら、ぽつんと窓ガラスに雨粒がぶつかった。

そのまま窓の外が見えないくらいの大雨になってしまった。窓のすぐ向こうの街路樹さえ、今は見えない。

「あー……本当にゲリラ豪雨になっちゃいましたねえ……」

「そうだねえ。さっきのお客様は大丈夫だったかな。……このあとはキャンセルが続くかな」

その予想どおり、それからしばらく電話が続いた。港さんの話す内容からして、予約のキャンセルや変更なんだろうな。

窓の外を見れば、無理して歩いている人は皆ずぶ濡れで、その数自体がほとんどいない。仕事でもない限り、こんな雨の中歩きたくないだろうし、迷惑とは思ってもキャンセルしたくなるだろう。これじゃあ今日は暇かもなあ。蛍くんもしばらく帰ってこられないんだろうし……。

そこまで考えて、改めて気がついたことを言葉で思い浮かべてしまった。それが口から飛び出さないよう、口元を手で押さえる。

今、店の中にはあたしと港さんだけだ……！

気まずくならないよう、なにか話さなきゃ。そう思いはしても、話題が出てこない。聞きたいことなら山ほどあるけど、それは切り出す勇気がない。

なんとか読めないペーパーバックに視線を落として、待合席でやり過ごそうとしても、どうにも落ち着かない。普段は聞き流してしまっている有線の洋楽の音や、窓を叩く雨音が、妙に大きく聞こえる。

ああん、もう。早く蛍くん戻ってきてよ……！　どこかで雨宿りしている蛍くんに、こういうときばかり頼ろうとしている、虫のいい自分がいた。

　もう一時間も降り続いているような気もするし、まだ三十分も経ってない感じもする。時間の感覚がおかしいのは、一向にやむ気配のない豪雨のせいだけじゃないだろう。

　誰もいない待合席の椅子に、ぐったりと深く座り込んでいると、ふわんとコーヒーの匂いが漂った。

「ごめんね、冷房効いてるから、寒かったでしょう」

　港さんがカプチーノを淹れてくれた。あたしはマグカップを両手で包み込んで、はじめて指先まで冷房で冷え切っていることに気がついた。

「ありがとうございます。……ゲリラ豪雨だから、てっきりすぐにやむって思ってましたけど。全然ですねえ」

「そうだねえ。最近は、天気予報も当てにならないからねえ」

　そこで言葉が途切れたら、もう話題が見つからない。あたしは逃げるようにカプチーノに口をつけて、カップで口を塞いだ。

「そういえば夏休みはどう？　たまには葵ちゃんも友達と遊びに行った方がいいんじゃないかい？　うちにばっかり来ても、そんなに面白くはないでしょう」

　港さんがゆったりといつもの調子でそう言う。話題を振ってくれたのにほっとしつつ、あたしは言葉を選んだ。

「いやあ、お小遣いそんなにないですしー。もしもうちょっとお財布が潤ってたら、遊びに行くより港さんに髪切ってもらってますもん」

「ああ、そっか。そう言ってうちに来たんだもんねえ」

思い出し笑いでクスリと頬を緩める港さんに、あたしも問い返す。

「そういう港さんはどうなんですかー。お盆に入ったら店も学校も休みじゃないですか。そのとき旅行に行ったりはしないんですかー？」

「そうだねえ……」

一瞬、間が空いた。あ、あれ？　思わず港さんを見たら、港さんはただ穏やかに笑っていた。いつものように。その『いつものように』が、妙に引っかかったのは何故なんだろう。

「あんまり、家は空けられないからねえ。専門学校の特別講座が入ったりするし。普段は店が休みの日に、月に一、二回しかできないから、その分、こういうときにね。それに最近はペット同伴の宿も多いけど、お盆の時期はどこも混雑しているから」

「あっ……！　ペット飼ってたんですね。犬ですか、猫ですか」

「猫だよ。スコティッシュフォールドってわかる？　最近だとスマホかなんかのCMで見かけるけど」

ああ、あのブサカワの猫かな。

そっか、猫がいたらあんまり長い間家を空けられないか。

ようやく普通に会話ができそうだと思いはじめたあたしの安心を、しゃらんという音が邪魔した。港さんの手が首にかけたチェーンを、そこにつけた指輪を弄んでいる。

「それに、奥さんにあの子が成長したのを見せにいかないといけないしね」

「……え？」

驚いて思わず息が止まる。

知りたかったことのひとつが、唐突に明らかになった。『港さんの奥さん』のこと。でもその存在が港さんの口から出たのは、これがはじめてだ。

でも……変な話だ。奥さんが仕事でどこかに行っているんだったら、それは『今年』『たまたま』ってことだろうし、写真を送信すればいいだけの話。離婚しているんだったら、わざわざ猫の成長を見せに行く必要があるんだろうか。そもそもお盆に出かける予定を聞いていたはずなのに。

まさか……と思って港さんと目を合わせたとき、港さんはいつもの穏やかな雰囲気に、ほんの少しだけ翳(かげ)りを混ぜて笑った。

「うん、奥さんが可愛がっていた子だから」

「あの……それって、もしかして」

奥さんは、既に亡くなっているんですか？

それを口にしていいのか、ためらう。そのためらいを突くように、エンジン音が近づいてきた。正面の道を見てみると、見覚えのあるバイクが、美容院の裏に回るのが見えた。

「あー……雨が緩くなったみたいだね、ようやく高山くんが戻ってこられたみたいだ」

「そ、そうですね……！」

精一杯明るい声を出して、あたしは取り繕うように笑っていた。

裏口が開き、蛍くんが顔を覗かせた。買い物袋を体でかばい、蛍くん自身はぐしょ濡れだ。このあとのお客さんがキャンセルになっていなかったら、大変だったかもしれない。「雨にすげえやられました」と蛍くんがぼやいている。

港さんは蛍くんにタオルを差し出しつつ、持って帰ってきてくれた買い物袋を受け取る。蛍くんはその場でTシャツを脱いで、屋外に向かって雑巾のように絞った。

「お疲れ様。高山くんも災難だったね。今は雨どう？」

「んー、一瞬だけ雨やんでたんで、その隙に帰ろうと思ったんですけど、また雨にやられたんです。でも、さっき景色が見えないほど降ってたのを思えば、だいぶ弱まったんじゃないかと」

蛍くんはそう答えながら、ちらっとあたしの方を見てきた。あたしは気まずくなって、ぬるくなったカプチーノをそのまま一気飲みする。

一瞬だけ蛍くんは不思議そうな顔をしたあと、口を開いた。

「今だったらそんなに雨降ってないから、帰れるぞ」

「えっ、嘘。ありがとう。港さん、あたしそろそろ帰りますね。カプチーノ、ご馳走様でした！」

あたしがぎこちなく立ちあがると、蛍くんはタオルを頭に引っかけたまま、スタッフルームから傘を引っ張り出してきて、あたしにそれを差し出した。

「今度来たときにでも返せ」

「ありがとう……」

透明なビニール傘をありがたく受け取ると、蛍くんは口を尖らせてこちらを見てきた。

「お前、俺がいない間になんかあったのか？」

「えっ……なにもないよぉ、蛍くん大げさ」

「すっげえブスな顔してるけど」

「……な」

普段だったら、「なに言ってんだコノヤロー！」くらい言って噛みついていたけれど、今はそんな気分にはなれなかった。

薄っぺらいうえにわかりやす過ぎるって、最悪だな。あたし。

「それじゃあ、また来ます！」

蛍くんの隣をすり抜け、手を振って店を出た。

外は湿気ていて、出た途端にむわりと土とアスファルトのにおいが飛び込んできた。ほんの少しだけ肌寒いなと思いながら、傘を差す。

傘を広げるほど大した雨じゃないけれど、傘を差さないと街路樹の葉っぱに溜まった雨粒が当たって濡れてしまう。雲の隙間からは洗われた青空が顔を覗かせている。

かしらんと、ぼんやりと考えた。

雨の中でも弱々しく蟬の鳴き声が聞こえる。蟬は雨宿りする場所が見当たらなかったの

港さんの奥さんのことを聞きそびれて、そのことで延々と自己嫌悪に陥っていた。

もやは、晴れることはない。

自然に溜息がこぼれてしまった。空は晴れてきているのに、あたしの胸に溜まったもや

「はあ……」

家に帰ったけれど、夏休みの宿題が手に付かない。仕方がないからベッドでゴロゴロし

ていたら、スマホが鳴った。通話の着信、菫からだ。

「もしもし、なあに?」

「よっす。今日も美容院に行ってきたの?」

「え? うん……」

タイミングいいんだか、悪いんだか。

あたしは今日港さんとした話を、かいつまんで説明した。しんどいなあ……そう思いな

がら。

菫はときおり相槌を打ちつつ話を聞いてくれた。全部話し終えたあと、菫が「うーん」

と間延びした声をあげる。

「やっぱりあんたは、店長さんが好きなの! いい加減、自覚しなさいよ」

「……うん」

今となっては、さすがのあたしも自覚せざるを得ない。

「言い方は悪いけれど、もし奥さんが亡くなってるんなら……それはチャンスなんじゃないの？　告白はできるでしょ」

「はあ……っ!?」

思わず大声を出すと、菫から「耳元で大声出さないでよー」と文句を言われてしまった。

「……ごめん」

あたしはスマホを耳に当てつつ、口をへの字に曲げる。

「だってさ……不謹慎じゃん」

「そう？　でもさあ、バイトのお兄さんも指輪をいつからつけてるのか知らないんでしょ？　だとしたら、二年は前だろうから三回忌は過ぎてるんじゃないの」

「そ、そうかもしれないけどさあ……」

「なにが問題あるのよ」

「……だってさあ」

港さんと奥さんがどれだけ仲がよかったのか知らないけれど。

あたしが通うようになってからも、その前も。ずっと結婚指輪を手放さない人だ。恋愛偏差値ゼロのあたしがどうこうできる人じゃない。

黙り込んだあたしに、菫は「だから言ってんじゃん」と切り出した。

「私が言いたいのは、あんたは自分の気持ちに決着つけなさいよってこと」

「……だってさあ、迷惑じゃないの。それって」

「恋だの愛だの、迷惑かけずにできますか」

またも飛び出す菫の謎の哲学に、あたしは思わず閉口する。本当に簡単に言うなあ。

菫はなおも畳みかけるように言葉を重ねてくる。

「そもそも、そんなプライベートの事情、ただの顔見知りにわざわざ言うのかっていう話だよ」

「……あたしは、菫の恋愛遍歴、それなりに知ってるけど」

「そりゃ、私たちは友達同士だし。でもあんたとその店長さんはちがうでしょ。あんただって顔見知り程度の知人に、世間話で〝好きな人は十歳以上年上です〟とか言えるの？」

「……言わないと思う」

「ほらあ……！　あとのことなんかあとで考えればいいんだから、ちゃんと言ってみなさいってば。少なくともさ、自分の中でしまい込んでる大事な話を伝えられる相手からの告白を、無下になんてしないだろうし。毎日顔合わせる同級生でもないし、気まずい思いなんてしないよ、きっと」

「そうかなあ……」

昼間、雨が降り続く外を眺めながら、ふたりっきりで交わした何気ない言葉。港さんがその話をいろんな人にしているとは考えにくい。そもそも、蛍くんだって知らなそうな話だ。

多分一番大事な人は奥さんで、あたしを恋愛対象として考えたことなんてないと思う。

でも。

「……菫が言うみたいにさ、好きのひと言で、なにか変わるかなあ」

ぽつりと言ってみたら、菫ははっきりこう言った。

「変わるね、絶対に変わる。でも変わるのって、店長さんじゃないよ。あんたが変わるんだよ」

「そっかあ……」

その言葉に、少しだけほっとした。

好きだと自覚したところで、相変わらずあたしは、港さんとどうこうなりたいとは思っていない。

でも、ただ胸にしまっておくだけの気持ちではない、と思う。

「……港さん、びっくりしちゃうかなあ。あたしが好きって言ったら」

「そこまでは私だって知らないよ」

「持ちあげるのか突き放すのかどっちかにしてよ」

菫の相変わらずの自己チューな説得に笑いつつ、あたしもどうにか腹を括る。そして、さんざんふたりで話をしたあと、電話を切った。

テレビで見た天気予報によれば、明日は晴れ。でも今日の大雨のせいで蒸す一日になるようだ。ムードないなあと思った。それにきっと、菫みたいに恋愛偏差値が高い子だったら、告白成功率の高いタイミングも計るんだろう。だけど。

明日告白しよう。

そう決めた。

多分時間を置いてしまったら、またあたしはへたれてなにも言えないまま、同じようにグルグル考え続けるだけな気がするから。港さんの話を聞いて、菫にけしかけられてしまった、そんな勢いがついてなかったら、気持ちがきっとしぼんでしまう。

まるで「明日はカレーにしよう」とカレーの材料をメモに書き出すみたいに、あたしは明日美容院に出かけるための服を漁りはじめた。

Tシャツにデニムというい加減な服じゃなく、前にバーゲンで買ったフレアスカートのワンピースに、冷房避けの薄いカーディガン。サンダルはおろしたばかりのよそ行き用にしよう。

窓の外に耳を澄ませてみれば、既に雨音はしない。ゲリラ豪雨にまたやられない限りは、明日は晴れてくれるだろう。

うまくいくなんて一ミリたりとも思ってないけれど、自分に決着をつけたい。

菫が言うように、なにがそんなに変わるのかなんて想像できないし、退路を断ってしまうっていうのは怖いって気持ちが付きまとうけれど。

ただ見ているだけ、聞いているだけ。そんな傍観者はもうおしまいにする。

当たって砕けても死にはしない

肌にまとわりつく湿気が気持ち悪い。今日も蟬のけたたましい鳴き声が耳に届いて、あたしはうんざりする。何度も何度も塗ったはずの日焼け止めだって、きっと汗で落ちてしまっている。

それでもあたしは、【coeur brise】へと向かっていた。天気予報がちゃんと当たって午前中から真夏日だ。麦わら帽子を被っても、薄いカーディガンを羽織っても、日差しを避けきるのはほぼ不可能だ。おまけに昨日の豪雨のせいで蒸し暑くて、汗が全然止まってくれない。

「あっつう……」

サンダルをからからと鳴らしながら、あたしはそうぼやく。喉元を伝って落ちる汗は、きっと日焼け止めの味がする。あたしがうな垂れながら歩いていると、道路でブルンとエンジンを吹かす音が響いて、何気なくそちらを見る。バイクに跨った蛍くんだった。

「よう」

「あ、おはよー」

「早いな。てか、お前バイト行ってる時間じゃないのかよ」

「今日は休みだよ。まあどっちにしろお盆前までなんだけどね」

「そうか」

蛍くんはバイクから降りると、あたしに並ぶようにして、歩道沿いにバイクを押して歩きはじめた。

「乗せてくれるとかはないんだねえ」

「馬鹿、お前の格好でバイクに乗せられないわ」

「ああ……」

ワンピースにサンダル履きじゃ無理か。相変わらず蛍くんは、人の扱いが雑なわりには生真面目だ。

「蛍くんは、お盆休みはどうするの？」

「いや、特に。学校で特別講義受けたりするからな」

ああ、港さんもそんなこと言ってたな、昨日。

「うーんと」

蛍くんに言ってもなあ。そうは思っても、こちらのことをなにかと気にかけてくれているのに、なにも知らせないのもなあと思って、報告することにした。

「あたし、やっぱり港さんが好きなんだ」

「はあ」

この人、恋愛に対して興味なさそうだなあとは思っていたけど、本当に反応が淡泊だな。でも根掘り葉掘り聞かれるよりはマシか。

あたしが吐き出した言葉のあと、しばらく沈黙が下りる。その間も蟬が大合唱をし、街路樹がそよぐ音がそれに続く。べたついた潮風がふっと吹いてきたとき、あたしは思い切って次の言葉を言ってみた。

なおも他人事のような返事をする蛍くんに、思わずあたしは肩透かしを食らったような気分になる。

「……普通、そこまで聞いたら、反対するなりアドバイスなり、なんかないのかなあ？」

「女って面倒くさいなあ、そんなのなに言ったって聞かないだろうが。んなもん小細工せずにストレートに言やいいだろ」

「そりゃ、言うのはストレートだよっ」

「……あっそ。でもまあ、お前も」

蛍くんは心底呆れたようにあたしを見下ろしながらも、一応アドバイスをくれる気はあるらしい。あたしがじっと見ると、蛍くんは淡々と言葉を紡ぐ。薄い唇は意外と優しい言葉を知っている。

「ずっとウジウジするくらいだったら、さっさと言えばいいだろ」

「さっさと言えないからウジウジしてたんでしょ」

「先生、誰に対しても平等で、特別っていうのをつくらないタイプだしな」

「……言う前から、怖いこと言うよね」

「そりゃ、お前の気持ちを考えたら応援してやりたい気もあるけどさ。でもどうにもならないだろうって思ってることを、止めてやらないのも残酷だろ」

「……それって、あたしが告白しない方がいいっていうこと？」

「結果なんて俺だって知らん。でも、まあ、当たって砕けた方がお前にはいいのかもな？」

言っている言葉はずいぶんとひどいにもかかわらず、蛍くんのその口調だけは、ひどく優しかった。

それにあたしは「うん……ありがとね」とだけお礼を言いつつ、ふと聞いてみる。

「そう言えば、蛍くんは告白ってしたことってあるの？」

「えー……んなもん覚えてねえわ」

「あ、ひどい。一番大事な部分はぼかすんだ!?」

「うっせうっせ。んなことといちいち根掘り葉掘り聞く奴がいるかっ!?」

そんなやりとりをギャーギャーと続けていると、白い小さな店はもう目と鼻の先になっていた。


店の裏にバイクを停めた蛍くんと一緒に、裏口から「こんにちはー」と入ると、既にハサミのチョキンチョキンという音が響いているのに気がつく。

開店早々からお客さんなのかあ、と思って、ひょいとカット台を覗くと、上品そうなおばあちゃんが腰かけているのが見えた。

ふわふわとした髪はパーマを当ててボリュームを増やしているんだろう。その髪はまっ白で、まるで綿毛のようにも見える。顔に刻まれている皺（しわ）の深さに、あたしは失礼ながら屋久杉を連想してしまった。

「このあと、髪を染めますね」

「ええ、お願いしますね。あら、新しいバイトさん雇ったの？」

おばあちゃんが鏡越しにあたしに気づいたので、あたしは思わずビクリと肩をはねさせる。それを見て港さんはクスリと笑って振り返った。

「おはよう。今日はずいぶん早いね。バイト休みかい？」

「あ、はい……！　おはようございます！」

挨拶するあたしの声は思わず裏返ってしまって、おばあちゃんはクスクスと笑った。

「あら、ちがったのね。ご近所の子？　遊びに寄ったの？　不思議ねえ、立花さんは女の子を引き寄せてしまうところがあるから」

「買いかぶり過ぎですよ」

「あら、灯(あかり)ちゃんだってそうでしょう？」

え？　あかりちゃん？

あたしが目を瞬かせていると、港さんは普段の穏やかな雰囲気を一瞬だけ引っ込めて、寂しげに眼を細めた。でもそれは本当に僅かな間で、すぐにいつものマイナスイオンに溢れた笑みを浮かべた。困ったように眉を下げながら。

「そういえばこのお嬢さん、少し灯ちゃんに似てるんじゃない？」

「困りますよ、工藤(くどう)さん」

「あら、ごめんなさいね。まだ立花さん、灯ちゃんのこと」

「妻はそれを望んでないんでしょうが」

カチリ。

なにかがはまったような、そんな気がした。昨日の話で、あたしの中に生まれた『港さんの奥さん』の像に、今日『あかりちゃん』という名前までついてしまった。そっか……このお客さんは、きっとその人に会ったことがあるんだ……。

港さん、やっぱりまだ、奥さんのこと、忘れられないんだなあ……。

ギューンという音を立てて、胸が締めつけられるような感覚に陥る。

でも。

「そっか。港さんの奥さんをご存じなんですね？　どんな人なんだろう。聞いてみたいなあって思いますよ！」

ふいに、まったく空気を読んでいないセリフが、あたしの口をついて出た。ヘアカット中の、しかもお客さんに向かって、なにを言っているんだ、あたし。港さんの仕事の邪魔して、どうするんだ……！

あたしは思わず頭を抱えそうになったけれど、それより先にクスクスと笑い声が耳に届いた。おばあちゃんが面白そうに笑っている。それに港さんも困ったように視線を下げる。

「あらあら、変な言い方したから気にさせちゃったのかしら。でもねえ……」

「工藤さんも、もうそのへんで勘弁してください」

おばあちゃんの言葉を遮るように港さんが口を挟む。

「ごめんなさいね。でも、せっかく久しぶりに来たんだし、灯ちゃんのことも話したいと思ってたのよ。お嫌かしら？」

港さんは嫌がるというよりは恥ずかしがっているようだ。顔を赤らめている姿が新鮮だ。いつもは港さんが、お客さんが話すのを黙って聞いて、ときどき助言をする。それがまるで、港さんがお客さんを包み込んでいるかのように感じられた。でも今はおばあちゃんに、港さんが手玉に取られているみたいだ。

「じゃあ、私の目から見た立花さんと灯ちゃんを、この子に話してあげる……って、それだったらいいでしょう？　ねえ、立花さん」

あたしは成り行きをじっと見守った。

「だってもう、本当に何年も前の出来事よ。それでも私からすれば、たいして時間が経ってないんだけどねえ」

それがダメ押しになったのか、とうとう港さんは観念したように溜息をついた。

「……お手柔らかに頼みますよ、本当に」

あたしはおずおずと港さんを見ると、港さんは力なく、「葵ちゃんが聞きたいなら」と言いながら、空いてる席をあたしに勧めると、おばあちゃんの髪に手を入れるのに集中しはじめた。

ぱらりぱらりと切り落とされた髪が落ちていく音に紛れるように、おばあちゃんはゆったりと口を開いた。

＊＊＊＊

この辺りもずいぶんと変わったわよねえ。私の若い頃なんて、海だって遊泳自由だったのよ。今はあんまり水質がよくないから遊泳禁止になっちゃったわねえ。

ヨットで遊ぶか釣りくらいしか許可は下りてないでしょう？　遊泳禁止で釣りはいいっていうのもおかしな話だけどねえ。

話が見えない？　あら、いやあねえ。年取ったら昔話の範囲が広くなっちゃうのよ。若い子の場合は昔って言うと、せいぜい五、六年前だけれど、私くらいの年になったら、十年前も二十年前もたいして変わらなくってねえ……。

立花さんと灯ちゃんの話だったわね。ええ、ええ。

ええっと何年前になるのかしら……ああ、八年、いや七年？　それくらいだわねえ。

うちの孫が結婚した年なんだけど……お嫁さんになる人を孫が連れてきたときに、私がちょっと反対しちゃったもんだから、大騒ぎになっちゃったのよ。

なんて言ったかしら……できちゃいました？　ああ、できちゃった結婚、そうそう、子供ができたから結婚するって。それで私もそんなの認められないってねえ……。

今となっては悪いことしちゃったなあって思ってるのよ。でもそのときはなんだか納得できなくて。

それでも生まれたひ孫はとっても可愛くて、孫夫婦は今でもときどき、連れて遊びに来てくれるのよ。嬉しいものね、幸せだわ。

ああ、話が飛んじゃったわね。

とにかく大騒ぎしたあと、みんなに説得されて式の参加を決めたのはもう直前で、慌てて着物だ帯だ草履だって用意して……さあ終わったっていうところで、当日の朝になって、美容院の予約を入れてなかったことに気がついたのよ。

正装用に髪型をどうにかしないとって思い立ったのはいいけど、飛び込みでやってもらえる美容院がなくってねえ。困ったなあと思いつつ手当たり次第電話したんだけど、どこもかしこも断られてねえ。

そして何軒目かにかけたお店の方に、教えてもらったのよ。知り合いが美容院をオープンして、今だったら飛び込みでも髪を切ってもらえるんじゃないかって。

オープンしたての店で髪を切るって大丈夫なのかしらと思いながらも、そのお店の方がわざわざファックスで地図まで送ってくださったから、行ってみることにしたの。

その何年か前だったかしら、最終回で主人公が、海辺のまっ白な建物で美容院をはじめる……っていうドラマがあったんだけど……お嬢さんは生まれてなかったかもしれないわねえ。それで来てみたら、それにそっくりな可愛いらしいお店が建ってたのよ。それを見て、年甲斐もなくワクワクしちゃったりして。

ただ、お店も洒落てるし、入ってみたら若い男性が「いらっしゃいませ」って迎えてくれたでしょう？　「あらー、若い人向けのお店かしら？」って、やっぱり心配になっちゃったのよ……なんて言ったら申し訳ないけど、でも正直なところそうだったのよ、立花さん。でも他に当てもないし、エイッ！と思って、結婚式に出席するので、着物用の髪にしてくれってお願いしたら、立花さんが「承知しました」って引き受けてくださったの。

そうしたらもう安心しちゃって。おまけにまったく知らない人だったらいいかしらと思って、溜まってた愚痴をベラベラしゃべっちゃったのよ。

孫が情けないっていう話とか、相手の女の子もなにを考えているんだとか、今思っても無茶苦茶しゃべったし、けっこうひどいことも言ったわねえ。

髪を触りながら立花さんが私の話をうんうんと聞いてくれたわ。

私がひとしきり話し終えたあと、全部聞いてくれた立花さんは、笑顔で言ったのよ。

「お孫さん、本当に優しい人に成長なさったんですね、式に来てほしいって、最後まで諦めなかったんでしょう？」って。

本当に頭に血が上ってたのねえ。いつ知り合ったのかとか、どれくらいお付き合いしていたとか、先に聞かないといけない話はいくらでもあったのに。

立花さんがそっと指摘してくれなかったら、ひ孫ちゃんがうちに遊びに来てくれた際に一緒にかき氷をつくって食べるような未来もなかったのかもしれないと思うと、不思議なものよねえ。

そのときに、立花さんが「着物でまとめやすく整えましたよ」と、留袖にも合うようにって、ボリュームを出していた髪にパーマを緩くかけて直してくれてねえ。それでかんざしで髪をまとめて、無事孫の結婚式に出ることができたの。

私が素直に「おめでとう」と言って孫に笑ったら、もうそれで今までのわだかまりは不思議と消えちゃったの。孫もお嫁さんも、仲直りできたってほっとしてくれてねえ。

おばあちゃんの昔話はさておいて、立花さんと灯ちゃんの話だったわね。灯ちゃんがまだ出てないのに、ごめんなさいね。長い話になっちゃって。

あとから聞いた話だけれど、私がお客第一号だったみたいでねえ。こんなヒステリーなおばあちゃんが最初のお客でよかったのかしらんと今でも思ってしまうのよ。

趣味で習字のお稽古に行っているんだけれど、そこでここの話をしてね、それからときどきあそこの美容院でいい色に染めてもらったとか、パーマの腕がいいとか、そんな話を聞くようになったわねえ。

当時は失恋した女の子の髪をタダで切ってあげるってサービスは、私は知らなかったわねえ。でも思いがけず知ることになったのよ。

主人が亡くなって。そのときだったわねえ。

六年ほど前に、主人が突然倒れて……ええ、心臓で。何日か病院に通っていたのだけど、そのまま亡くなってしまったのね。私もショックだったし、年にもかかわらずシャワーを浴びるだけのような生活が続いたせいもあってくたびれてちゃっていた。でもボロボロの格好で葬儀をあげるのも、主人に失礼でしょう？　だから大急ぎでここに来たの。

そのときはじめて会ったんだったわねえ。灯ちゃんに。

どんな子だったか、ねえ……そうねえ。若いし好奇心旺盛な感じがするし、可愛いショートカットの子だったわねえ。

ええ、最初はね。私も立花さんと灯ちゃんが夫婦と気づかなかったの。前には見なかったのもあるし、最初はアルバイトの子かしらんと思ったのよね。だって、ふたりはちょっと年が離れているように見えたから。

でもあとで聞いたらそこまで年は離れてなかったのよねえ……。立花さんが落ち着いていたのか、灯ちゃんが若く見えたのか。どっちだったのかしら……。

でもねえ、途中でちがうなと思ったのよ。ふたりの醸し出す空気みたいなものが、しっくりくるというか。夫婦って一緒に暮らしているとリズムが似てくるのよ。笑い方がよく似た夫婦とか、喧嘩の仕方が同じ夫婦とか知らない？

立花さんと灯ちゃんもねえ、穏やかに人の話に耳を傾けて、そっと言葉をかけるっていう姿勢がそっくりだったのよ。

白髪染めが終わるのを待っている間、灯ちゃんがずっと話を聞いてくれていたのよ。主人の思い出話にじっと耳を傾けてくれてね。全部終わったら、みっともない髪もようやくまっ黒になってくれて、それでようやく気持ちがしゃんとしたの。

それで、お代を支払おうとしたら、灯ちゃんが首を振ったの。

「ご主人が亡くなられて髪を切りにこられたのでしたら、お代はいただけません。どうかそのお金はご主人のことに使ってください」

そんな風にね。失恋のサービス？っていうのもそのとき聞かされて「大切な人を失くされたのだから」って。その顔がねえ、はじめてここの店に来たときの立花さんとそっくりだった。

年を取ってくると髪の毛は減るばかりだし、髪を切るのも半年に一度くらいになるんだけれど。主人の葬儀から半年後に来たときだったわねえ、灯ちゃんが亡くなったというのを聞いたのは。立花さんからは事故と聞かされたけど……。

立花さんは穏やかに穏やかに笑いながら言ったのよ。

「妻は亡くなりましたが、これまでどおり続けようと思うんです。この店も、話を聞くサービスも、きっと必要なことだと思いますから」

前に主人を亡くしたときに灯ちゃんに言われた雰囲気そのままで、そう言われちゃったのよ。

……人がひとりいなくなるって、いろいろ大変なの。夫婦のことを比翼(ひよく)の鳥って言うことがあるでしょう？　その言葉が似合いのふたりだったから、ひとりで生きることの難しさも相当だったろうに、立花さんは、ピンと背筋を伸ばしてねえ。

ただ話を聞いてくれる。たったそれだけで救われることもあると思うの。私も話を聞いてくれる人がいたらすぐに愚痴を言っちゃうからねえ。それはあんまりよくない癖だと思うんだけど。

立花さんのしていることって、本当にすごいことよ？

……しんみりしちゃったかしら。ごめんなさいねえ、おばあちゃんの昔語りに付き合わせちゃって。

＊＊＊＊

工藤さんというおばあちゃんの話を聞いて、あたしはどう反応するのが正解なのかわからず、ただただ瞬きだけを繰り返していた。

そんな過去があったんだ……。

辛かっただろうな。そんなひと言しか浮かばないけれど、今ここに当事者の港さんがいるのに、そんな言葉で済ませていいものじゃないだろう。言葉が見つけられないあたしは、そっと口をつぐむ。

「工藤さん、いくらなんでもしゃべり過ぎですよ……」

苦笑したまま港さんはおばあちゃんの髪を整え終えると、おばあちゃんはククと喉で笑った。

「あら、ごめんなさい。でもやっぱり不思議な縁ってあるものだなあと思ってしまって。本当に久しぶりに伺ったらまあ……」

そう言いながらおばあちゃんはチラチラとあたしの方を見る。

さっき言ってた灯さん……港さんの奥さんにあたしが似てるってことなのだろうけれど。あたしはそうなの？と港さんに視線で問いかけるけれど、港さんは苦笑を浮かべるばかりで、なにも答えてはくれなかった。

港さんはおばあちゃんの髪にドライヤーを当てつつ、そっと目を伏せる。

「妻は妻ですし、葵ちゃんは葵ちゃんですよ」

そっとひとり言のように語る声色が、あたしの耳に残った。

あたしはあたしで、灯さんは灯さん。代わりになんて、なれないもんなあ。

そう思っていたところで、ふわりとカプチーノの匂いが鼻を掠めていった。マグカップにカプチーノを淹れて、蛍くんが持ってきてくれたのだ。

「ありがとう……」

そのまま待合席へ促される。

「お前なあ、いったい落ち込む要素どこにあるんだよ。ほんっとうに面倒くさいなあ……」

小声で蛍くんに面倒くさそうに言われて、むっとするのと同時に「やっぱり」とも思ってしまう。あたしはマグカップを受け取って、ふうふうと息を吹きかけた。

港さんの奥さんに似てるっていうのは、喜べばいいのか、一緒にするなと怒ればいいのか、判断に困る。

「前からずっと不思議だったんだよね。どうして、港さん、あたしが髪を切る訳でもなく、蛍くんの練習台になる訳でもなく、ずっと遊びに来てるのを拒まないのか。奥さんに似てるから、だったのかなあと思ったら……」

「んなもん、考え過ぎだろ。知人に似てようが似てまいが、営業妨害だったら追い出すし、営業妨害じゃないいんだったら放っておくだろ」

「……なんで蛍くんは、こうもざっくりとしてるかなあ……」

「いちいちそんなの、気にしてられないだろ。そんでもって、小林がなんの邪魔にもならなかったから、先生も邪魔じゃないと判断したって、それだけだろ」

「あー……うん」

相変わらず蛍くんの物言いは、全然優しくないけれど。今はその雑過ぎる励ましがありがたかった。

港さんは工藤さんのふわふわとした髪を整え終えると、まっ白な髪に薬剤を塗っていく。薬剤が定着するまでの間、港さんはレジカウンターに入って作業をはじめた。あたしは工藤さんに呼ばれて、さっきの空き席に座り話をしていた。

さすがに灯さんの話をそれ以上聞くことはできなかったけれど、あたしが生まれる前の地元の話を聞くのは、ちょっと新鮮な気分だった。郷土史にでも興味がなかったら、案外地元の歴史なんて知らないものだ。

しゃべっていたらあっという間に時間は過ぎ、港さんが戻って仕上げを施すと、たんぽぽの綿毛みたいだと思っていた髪は、最終的には栗色へと変わった。

「こちらでよろしいですか？」

そう言いながら港さんがそっと鏡を差し出すと、おばあちゃんはにこにこと笑った。

「まあ……これだったら主人も喜ぶわね。あんまりおばあちゃんが過ぎる姿で出かけるとあの人すぐ怒ったからねえ」

「それはそれは……ご主人もきっと喜んでますよ」

「ええ、本当にありがとう」

そう言っておっとりと笑うおばあちゃんの会計をしに、蛍くんは黙ってレジに向かった。港さんも手を洗うと、会計を済ませたおばあちゃんを玄関まで見送りに行った。

蟬の大合唱が耳に滑り込んできたと思ったら、すぐにカランという音を立ててドアは閉められ、蟬の鳴き声も途切れる。

戻ってきた港さんに、あたしは軽く会釈をする。

「あ、お疲れ様でした」

「うん。ありがとう。葵ちゃんもごめんね、重い話の相手をさせちゃって。工藤さん……さっきのお客さんだけれど……おしゃべり好きだから、若い女の子と話したかっただけだと思うよ」

「いえ、それは全然かまわないんですけど、あの……」

「ん、なにかな？」

港さんが目を瞬かせたのに、あたしは「あの……」と視線を泳がせながら、言葉を探す。

こういうとき、なんて聞くのが一番いいんだろう。

灯さんの話とか、再婚しないのかとか。どうしてこの店をはじめたんだろうとか、この店の失恋した話を聞いたらタダにしてあげるっていうサービスのこととか、いろいろ……そう、いろいろ聞いてみたいことはあるけれど、いざとなったらどれもこれも言葉にならなかった。

だから、全然違う、空気を読まないことしか聞けない。

「一国一城の主になるって、どんな気分なんですかっ!?」

「へ？　……一国一城って、それってこの店をはじめたときの話って意味かな？」

「はいっ、どうなのかなと思いましたっ」

……なんでそんな素っ頓狂な話になってるんだろう。あたしは馬鹿か、馬鹿だったよね、そうだった、知ってた。

港さんはきょとんとした顔をしたあと、ふっと頬を緩ませると「ちょっと待ってね」と言いながら、スタッフルームへと引っ込んでいった。

あたしはそのまま待合席で足をぶらぶらさせつつ、さっき蛍くんが淹れてくれたカプチーノをすすっていたら、港さんは自分のカプチーノと一緒に、端っこの丸くなってしまっている古いスケッチブックを持ってきた。

掃除から戻ってきた蛍くんもまた、見たことがないものらしく、珍しそうにスケッチブックを眺めている。

「あの……ずいぶんと古いスケッチブックですね」

「うん、灯のだね。はい」

「あっ……」

　ぱらっとめくった先には、色鉛筆で塗られたロゴが何種類も描かれている。このロゴは、ここの美容院のだ……。パンフレットにも載っているやつ。

「これは奥さんが考えたものなんだ。独立したいとはいっても、僕はそういう方面に全然明るくなくてね。知り合いに紹介してもらった彼女が、いろいろとこんなのはどうかってデザインを考えてくれたんだよ」

「なるほど……」

　次のページにはメンバーズカードのデザイン画。そしてその次は美容院の外観の絵が何枚か。次は内装が数枚描かれていた。

　灯さん、デザインの仕事をしている人だったんだ。外観や内装のデザインまではよくわからないけれど、発注をする際にイメージのラフとして出したのかもしれないと、おぼろげに思う。

　そして。

　スケッチブックをめくる港さんの、なんとも楽しそうな、懐かしむような表情。この人がこんなに楽しそうな顔しているのを見たことってあったっけ。それをさせているのが灯さんなんだ。切ないなあと、ふと思う。

今日、告白できるだろうか？　……わかんない。

奥さんは死んじゃったけれど、それでも港さんの一番が奥さんだっていうのは、さっきの工藤さんの話聞いていてもはっきりとわかった。

あたしは、自然と丸まった背中をバシンと叩かれて、思わず「ひいっ……！」と悲鳴をあげる。蛍くんだ。

この人ほんっとうにデリカシーないな!?

港さんの前だというのに、なおも蛍くんはデリカシーのかけらも見せることなく畳みかけてくる。

「最初から脈ないってわかってんのに、いまさら落ち込んでどうするんだよ」

「……今言う？　蛍くんって、ほんっとうにデリカシーないよね。モテないよ、そんなことばっかしてたら」

「いや。別にモテなくっていい。ひとり惚れた女に振り向いてもらえたらそれでいいや」

「……言っていることは、ときどき格好いいよね」

ふたりで言いあっていると、ふいに。ひらりと写真が、スケッチブックから床に落ちた。慌てて拾いあげたその写真は端っこがよれてしまっていて、ところどころ黄ばんでしまっている。

新しい白い建物を背景に、男女が寄り添っている写真だ。

白いシャツにカラーパンツという、今と変わらぬ穏やかな空気を纏（まと）っている、今よりもずっと若い港さんと、オレンジブラウンのショートカットで、今の流行よりちょっとだけ化粧が濃く、体のラインがはっきり出るTシャツにスキニーのデニムを穿いた女性が笑顔で写っている。

……あたしと似ているって言われたけど、あたしの頭はオレンジブラウンでもなければ、ショートカットでもないぞ。

茫然とするあたしに向かって、港さんはちょっぴりお茶目に付け加えた。

「これが、僕の奥さん」

「ああ……」

デザイナーだと言われていたとおり、奥さんはお洒落なのがわかる。ここの美容院のデザインだってそうだ。……もしかして。

「もしかして、失恋した女の子の髪をタダで切ってあげようっていうのは、奥さんの発案ですか？」

「うん……ふたりで話していて、そうなったんだけど……もともとのきっかけは彼女だし、彼女がいたからできた。だから僕はそう思ってる」

「そうだったんだ……」

港さんは、ふいにくゆりとカプチーノの湯気を揺らしながら、あたしに視線を合わせる。

「店ができた頃の話……ちょっと長い思い出話になるけど、聞く？」

「ええ……ええっ？」

な、なんで、どうして……どうしてそういう爆弾を投下してくるんだろう、この人は。

あたしがくらくらしていると、蛍くんは助け舟を出すかのように、そっと口を開いた。

「珍しいですね、先生が自分語りなんて」

「自分語りってほどたいした話でもないかな。次のお客さんの予約まで、まだ少し時間があるからね。単純にうちの店の歴史を語るだけだし。そこに奥さんの話も入っているっていう、それだけだよ」

そう言いながら、港さんは目を細めた。

ああ、そうか。ひとつ納得した。

港さんにとって、奥さんとの思い出っていうのは避けなきゃいけない話じゃないんだ。思い出のひとつとして、大切に持ち歩いているものなんだ。そして、大丈夫な相手にはそれをひょいと広げて見せることができる。

……一番になれなくってもいい。思い出を見せてもかまわない相手って思われているんだったら、それで、もういいや。

「聞かせてくださいっ！　ここの美容院の話」

「うん。ちょっとだけ長くなるけれどね」

洋楽、カプチーノ、冷房。ドアの向こうは夏本番で、今日も入道雲が顔を出し、蟬時雨が収まらない。

それらを全部無視して、あたしたちは思い出に浸ることになった。

想い出は色あせることはなく

＊＊＊＊

さて。……そうは言ってもどこから話せばいいかな。

どうしても店の話と奥さんとのなれそめを切り離すことができないから、それは勘弁してね。

僕と奥さんの出会いから、かあ……うーん。おじさんの若い頃なんて、葵ちゃんがまだ生まれてないと思うよ。え、そこまで離れてないって？　さあ、どうだろうねえ。

知っているかな。もう二十年近く前になるかな、カリスマ美容師ブームなんていうのがあったの。あの時代はなんでもかんでもカリスマってつけておけば、価値があるように聞こえる時代だったんだよ。

僕も子供だったたし、ファッションやヘアスタイルに興味があったから、雑誌やテレビに躍らされてねえ。カリスマ美容師っていうのになってみたかったんだよ。だから地元の美容師専門学校に入ってね、資格を取るのと同時に、いろんな髪型の開発に没頭してたんだよ。

あの頃は若かったんだよねえ、まだ明確にどんな美容師になりたいかって考えてはいなかったかな。ただ音楽好きな人は歌や曲で自己表現するのが好きっていうのと同じで、髪を切って整えるっていうのが自己表現だったんだよ。

就職を決めたのは、東京の青山にある、ものすごく有名な美容院だね。

テレビでパフォーマンスしていた美容師に憧れてそこで働きはじめたけれど、当時はアシスタント。そう言えば聞こえはいいけど、まだ下積みで、やっていたのは雑用だったね。

基本的にアシスタントからスタイリストに昇格しなかったら、髪は切らせてもらえない。店に出ても、スタイリストがお客さんの髪を切るのを眺めながら、レジ仕事や掃除に終始していた。掃除しながら、いつもその有名な美容師が髪を切るのを羨ましく眺めていたねえ。

だから閉店したあとにも自主的に居残って、絶対にその人を越えるって、ずっと髪を切る練習していたかなあ。若いよね。

よく、技は盗んでいくものだっていうけれど、盗むっていうのもまた技術が必要なんだよ。だから本当はその先輩に教えてもらって、そこから盗めるだけの地力を作らないといけなかったんだけれど、当時の僕はそれはまったく思い至らなかった。というより、鼻っ柱が強過ぎて、先輩に教えを請うっていう発想がなかったんだろうねえ。

まあ、腐っていた訳だよ、当時は。

ん、高山くんに似ているって？　そうだねえ、葵ちゃん。でも高山くんの方が素直かな。彼はひとりで練習しつつも、わからないことや悩んでることはすぐに聞きに来てくれるから、僕も教え甲斐があるし。学校卒業したあとが楽しみだね。

じゃあ、話を戻そうか。

東京に来て、四年ほど経っても、鼻っ柱をへし折られてもへし折られても、強情な僕は頑なに自分の考えを曲げなかったねえ。自分の方がうまいって思い込みを捨てられないでいた。スタイリスト昇格の話が出ないせいで、なおのこと尖っていたね。

相変わらず自主練は続けて、いつスタイリスト昇格の話が来てもいいように備えていたときだったかな。

彼女……灯と出会ったのは。

その日も閉店作業を済ませて、アシスタント仲間と自主練をしていた。

髪を切る練習が終わったら、掃除を済ませて、ゴミ捨て場に捨てに行ってたんだ。

店の正面玄関は繁華街に面しているんだけれど、裏口は住宅街に出る。ゴミを捨ててさっさと戻ろうとした矢先、街灯に女の子がもたれているのが目に留まったんだよ。

待ち合わせにしては人気(ひとけ)のないところだし、もう夜も遅いのに深くキャップを被っていて、身動(みじろ)ぎもしなくてね。これは妙だぞと思って見ていたんだ。

「……ひっぐ、ひっぐ……う……ひっぐ……」

その子が嗚咽(おえつ)を洩らしていてね。普段だったら面倒ごとに巻き込まれると思って放置していたと思うんだけど、そのときは本当に気まぐれで声をかけちゃったんだ。

「あー……大丈夫ですか？　あの、ここって今の時間は人通りが……」

「み、見ないで、ください……！」

街灯はあったけれど、キャップを深く被っている顔には影が落ちていて見えなかった。

ただ肩をぷるぷる震わせててねえ。内心思ったねえ、やっぱり厄介だったなあと、ね。

えっ？　らしくない、かあ……。うん、今の僕だったらまちがいなくもうちょっとはマシなことを言っていたかな。でもね、僕も最初からそんな人間じゃなかったって話だよ。角が取れて丸くなっていくのには時間がかかるし、きっかけがあるんだよ。

また話が逸れたね。話を戻そうか。

女の子がこちらに背を向けてしまって、思わず僕もむっとした。もしそのままその場に置き去りにしていたらこの話はそれで終わりだったんだけれど、そうはならなかった。背中を向けた途端、キャップから覗いている髪の毛先が目に入った。

思わず彼女の方まで寄っていってキャップを取ったら、案の定。彼女の髪は日本人形みたいにぱっつんとした髪型になってしまっていた。

髪は同じ場所を切るときも、何度も何度も角度を変えてこまめに切らないと、ぱっつんって日本人形みたいになってしまうんだ。わかるかな？　よく家で髪を切ったら失敗するって言われているのはこれが原因なんだけれど、どう見ても彼女の髪は、失敗にしても度が過ぎていた。

「……もしかして髪を切りたくて、店に飛び込みで来たの？」

「……放っておいてください……この辺りはどこの美容院も完全予約制だったから……」

「これひどいね、なにやったの？」

聞いた途端にまた泣きはじめちゃってねえ。どう考えたって無理矢理キャップを奪った僕が悪いし、責任も感じた。でもなによりも、この見事に台無しになった髪を自分の手で整えたらどうなるだろうって思ってねえ……。

ひどいって？　うん、僕もそう思うよ。ただ、彼女の日本人形みたいな髪をどうにかしてあげたいと思ったのも、本当の話。だから僕はこう言っていた。

「僕が切ってあげようか？　今だったらオーナーもいないし、店に他のお客さんもいないけど」

泣いていた彼女がポカンとした顔をしていたのを無視して、そのまま腕を掴んでズルズルうちの店に連行していった。

アシスタント仲間は当然ぎょっとしたねえ。オーナーに見つかったら絶対に怒られるってわかっていたから、皆には頭を下げて、ついでに今度の飲み会でおごるっていう約束で買収して、彼女の髪を洗いはじめた。

ちゃんとした光の中で彼女の髪を見たけれど、本当にヤケを起こしたとしか思えない髪だった。ちょっと髪を整えたいって思ったら、普通はその部分だけ摘まんで切るでしょ？でもどう見てもなにも考えずに鷲掴みにして、そのままハサミを入れたようにしか見えなかったしね。

「いったい、なにがあったの？」

彼女は答えなかったね。当然か。ただその場に居合わせただけの人間に言える話でもなかっただろうし。

　ドライヤーで乾かしていたら、髪の傷みも見て取れた。どう考えたって慣れてない子がただ髪を伸ばして、それを無理矢理切ったように思えた。

「いくらなんでも、思い切り過ぎじゃないの？」

「……髪を切ったら、落ち着くと思ったんです」

　訳ありなんだろうってことはわかっても、彼女は頑なに理由は話してくれなかったね。僕もそれを聞くことはせず、彼女の頭を洗いながら、彼女の輪郭と髪色を見比べていた。

　髪の長さってね、人の頭の形によって似合う長さが違うんだよ。彼女の輪郭を見てみたら、どう考えてもショートカットの方が似合うんだよね。僕は髪を櫛でといたあと、聞いてみたんだよ。

「多分ベリーショートの方が似合うと思うけれど、どうする？」

「……ベリショは、さすがに勇気ない、です。でも……」

「うん」

「……ベリショほど短くなかったら、いいです。直してください、ぱっつんを」

「髪型、こっちで決めて大丈夫？　ムースとか使って平気？」

「全然大丈夫、です」

　彼女の髪を切りつつ整えていく。

　ボブに切って、内巻きになるように髪を整えていて、我ながらなかなかいいな、日頃の練習も無駄じゃなかったなと思えたんだ。彼女の顔立ちにも似合っている。だけど、鏡越しに見る彼女の表情は、どうも浮かない。

「……気に入らない？」

「そうじゃなくって」

彼女はさっきまでふわふわしていた口調だったのに、途端に気丈な姿が顔を出した。鏡越しでも彼女の目力の強さがわかって、正直驚いた。でも、なによりも驚いたのは。

「私のためじゃないですよね」

「え？」

「無理して切ってもらえてありがたいと思ってますけど、私のために切ってくれたわけじゃないですよね」

そう言われて言葉が出なかったね。当時の僕は本当に身勝手だったから、彼女を慰めたいっていうのより先に、めちゃくちゃな髪型でも、自分だったら綺麗に整えられる、その腕があるって証明したかったんだ。

正直、見透かされたって思ったね。

「……ごめん」

「……いえ、私も。代金お支払いしますので、これで」

「ちょっと待って」

ケープを取って立ち去ろうとしている彼女の肩を摑んで、そのまま席に押し戻した。当然ながら、彼女は目を吊りあげていたねえ……。

「なんですか、私をまた自己満足に付き合わせるんですか」

「……そんなことはしない。ただ、謝らせてほしいんだ。ごめん……」

「男の人っていっつもそう……！　勝手なことばっかり言って……！」

とうとう彼女は爆発した。僕もびっくりしたけれど、一番驚いていたのは彼女の方じゃないかなあ。思わず口をつぐんで、「ごめんなさい……」って口の中で言っていたしね。

僕はそこで聞いてみた。

「……そんなに溜まってるんだったら、話してみたら？」

「だって……そんな、赤の他人に聞かせるような話じゃ……」

「赤の他人だからこそ、話せることがあるんじゃないの？」

彼女は思わず目を瞬かせつつ、ためらいつつも、ようやく口を開いてくれた。

「だって……私、先輩に言われて髪を伸ばしたのに……自分でも似合わないってわかっていたのに……」

要領を得ない彼女の説明を要約するとこうだった。

似合わないとわかっていて、好きな彼の好みに合わせて髪を伸ばしていた。でも浮気された挙句、浮気相手の女の子は、彼女以上にロングヘアの似合う女の子だった。自分が馬鹿みたいだと思って、ヤケを起こしたと。

「……そっか。大変だったんだね」

「ホント、大変でした……さっき浮気現場見た途端、そのまま荷物まとめて、出てきちゃいましたから……追いかけてきてもくれなかったんですから、もう終わりなんだと思います」

さっきまでトゲがあったけれど、全部話を終えたらすっきりしたのか、彼女は少しだけ落ち着いた表情になっていたね。そこで僕はぽつりと言ってみた。

「それで自分で切った訳か……じゃあ気分転換にもうちょっとだけ切ってみる？」

「ええっと……」

ボブよりもっと切るとなったら、ベリーショートになってしまうし、それは嫌がっていたからどう答えるかなと思ったけれど。そのときにはもう、彼女は気持ちが落ち着いてくれたのか、表情も明るい。

「そうですね……気分転換に、じゃあ」

「了解」

そこで再び彼女の髪に触れることができた。

今思っても不思議なタイミングだったね。学校やアシスタント仲間以外で、はじめて人の髪に触れたんだけれど、美容院に来る人は皆、髪を切ればそれでいいってものじゃないんだなと。

僕はずっと、技術ばかり磨いていて、それはなんとかなったけれど、それだけじゃ駄目なんだとようやく気がつけたんだろうな。美容師はただ技術を披露すればいいんじゃない、お客さんとのコミュニケーションなんだということを教えられたよ。

ボブからハサミを入れてさらに切ったら、彼女もずいぶんと見違えたね。輪郭があらわになったことで、綺麗にすっきりとしていた。整髪剤で少し遊んだら、もうさっきまでキャップを被って沈んでいた子とは見違えた。

「……ありがとうございます。あの、お金……」

「あー……僕、まだアシスタントだから。お金は取れないんだ」

「え？　だってこの髪……」

彼女がそうとまどっていたけれど、僕は彼女からケープを外しながら言ったんだ。

「一番似合うと思う髪にしたけれど……本当にこれでよかったかな……」

「そうですね……こんなに短かったら、もう私は不幸って顔で沈まなくっても済みますよね」

彼女は何度も何度もすっかり短くなった髪に触れながら笑った。それに、思わず見惚れたね……。今までカットモデルの髪をうまく切れたと思ったことはあっても、見惚れることなんてなかったのに。

もう夜も遅いし、裏口からだと人通りも少ないから、彼女には正面口から帰ってもらった。

「気をつけてー。もう落ち込んでるからって人気のない場所にいないように」

「わかってまーす、ありがとうございます！」

被る必要のなくなったキャップを手でくるくる回しながら帰っていく彼女にほっとして

いたときだったねえ、既に帰っていたはずのオーナーが、用事で店に戻ってきたのは。

当然ながら、怒られたよ。既に店を閉めているのに人を引き入れる、アシスタントなのに勝手にタダで客の髪を切るなんて好き勝手やったし、仕方ないね。

彼女の髪を切ったことは全然後悔してないけれど、こりゃスタイリストにはもう昇格できないなと、そう諦めようとしたとき。

オーナーは僕に怒り心頭だったけれど、去っていった彼女の方を見ながら唸り声をあげた。

「……すぐに昇格というのは、他に示しがつかない。が、スタイリスト昇格の話は、前向きに検討しておく」

あのときほど必死に「ありがとうございます！」って頭を下げたことはなかったね。本当に生意気だったからなあ……。それに、オーナーは厳しかったし僕を評価してくれないと思っていたけれど、見るべきところはちゃんと見てくれる人なんだとわかった。それからしばらくあとだったかな、スタイリスト昇格の話が出たのは。

それからは忙しかったね。昇格したての頃は、まだまだ先輩の補助や、新規顧客のカットだけだったけれど、だんだん指名されることも増えていったから。

楽しかったね。なによりもよかったのは、一度彼女に怒られてからは、僕も少しだけ丸くなったところかな。前は競争意識剥き出しだったのが、誰かに勝つことよりまずお客さんのことを考えた。

相手のことを考える姿勢は、周りにも伝わるんだね。先輩たちの態度も軟化していったんだよ。先輩たちからテクニックを学べる機会も増えたし、他のスタイリストとも素直に情報交換できるようになった。

でも、今のうちみたいな小さな店だったらともかく、何人ものスタイリストを雇っているような人気の店だったから、だんだんお客さんのカットだけが仕事じゃなくなるんだよ。先輩のスタイリストたちも、オーナーの仕事の補助や経営の方の仕事をする人が増えていった。人の髪に触りたいって思って就いた仕事だけれど、だんだんそれだけをすることができないっていう現実も見えてきた。

それで少しずつ独立についても考えるようになったときだったかな。ちょうど専門学校時代お世話になった先生が、僕の卒業した専門学校の東京校の方に異動になって、来ているという話を聞いたのは。

それで、会いに行って独立について悩んでいることを相談したら、「もし立花がよかったら、うちの専門学校で講師をやってみないか。もちろん、シフトの休みの日でいい」と誘ってくれてね。

コネもできるし、一度視点を変えるのもありかと思って、それから先生の口聞きで休みの日に講師のバイトをはじめたんだよ。若い子に技術を教えるのは楽しいし、なによりも自分のやりたいことが、生徒と話をしていて明確になるのがわかったよ。

座学のとき彼らに、どんな美容師になりたいかっていう理想や希望を授業で書いてもらったんだけれど、思っているよりもいろいろあったなあ。

『メイクアップ・アーティストとして芸能界で活躍したい』とか『有名サロンで働きたい』とか、わかりやすいものもあったし、『出張美容師をして、美容院に行けない人の髪も切ってあげたい』とか、『地元に戻って美容院開きたい』っていうものもあった。

もっと漠然とした話ばかりかなと思っていたから、明確なビジョンを持っている生徒たちが多かったのには、本当に驚いたね。

じゃあ自分はどうなんだろうって、生徒たちに書いてもらった美容師像を読みながら考えたら、ちょうどはじめて髪を切った人のことが思い浮かんだんだよ。

僕に変わるきっかけをくれた、あの女の子のことを、ね。

独立するなら、地元に戻って……。そんな風に考えて、そろそろ具体化しようとしていた頃、それを聞いた友人が「もし独立するんだったら必要かもしれないから」って、紹介してくれた人がいたんだよ。

都内のデザイン事務所に勤めてる女性で、普段から店のロゴやDMデザインの仕事をしてるし、趣味で店の内装や外観なんかのデザイン画も描けるから、なにか協力してくれるんじゃないかってね。

それである日、引き合わせてもらった。待ち合わせ場所で顔を合わせたら、どうも友人が連れてきた女性に見覚えがある。短い髪の、ハツラツとした感じのその女性も、なんだか僕の顔をまじまじ見ていてね。でも、彼女が困り果てて髪を触った仕草を見ていたら、ピンと来た。

思わず一歩近づいて、「ショートカット、嫌いじゃなくなったんですね」と聞いたんだよ。その途端、女性も思わず声をあげてねえ。「やっぱり、あのときの方ですか⁉」って。

そう、それが灯との再会。引き合わせてくれた友人は、目をぱちくりさせてたっけ。

髪を切ってあげたときはまだ彼女も専門学校生だったって言われたよ。目の前の彼女は、化粧っ気もあって少し大人っぽくなっていたんだけれど、はにかんだような笑顔はあの、切ったばかりの髪に何度も触れて嬉しそうにしてたときと同じ顔で、やっぱり僕は見惚れてしまった。

あのときのお礼だと言って、彼女はプライベートで相談に乗ってくれた。

ふたりとも仕事が忙しいし、そんな中で会うのは大変だったけれど、時間を合わせて、僕の夢や理想を形にするのを手伝ってもらった。そうやって店のコンセプトは少しずつ固まっていった。

「お話によると、立地は住宅地みたいですから、なにかひとつコンセプトをつくって、それでお客さんを呼びたいですよね」

「そこまで考えるんだねえ……僕は髪を切ることができたらそれでいいんだけれど」

「美容師って皆そんな生き物なんですか？　コンセプトやターゲットを絞るっていうのは

重要ですよ。でも、港さんって髪を切るのがすっごく丁寧だと思うんです。安心するというか、押しつけがましくないというか」

「……そんなの、考えたこともないけれど」

「いるんですよ。〝君には似合うから〟って、こっちが具体的な注文つけないと、気に食わない髪型を押しつけてくる人って」

昔の自分を揶揄（やゆ）されているみたいで、思わずむず痒くなった。だから僕もちょっと意地悪な気分になってきて、言ったんだ。

「でも泣いている子に、そんな恩着せがましいことできないと思うよ？　君も本当に無茶苦茶な髪してたし」

僕はてっきり、「もーっ！」とか文句言われて、あはは って笑いあうような展開を想像していたんだけど、急に彼女がはにかむようにしてつぶやいたんだ。

「でも、私はあのとき本当に悲しかったから、その悲しい気持ちを聞いてくれて、その悲しい気持ちが晴れる髪型をつくってもらえたことが、本当に嬉しかった」

僕はそう言われて、返す言葉がなくて、また彼女に見惚れていた。

それに気づいた彼女は、バツが悪そうに「よくいるんですよねえ、自分の話ばっかりして、全然客の話を聞いてくれない自称・カリスマ美容師っていうのが」って、大声でごまかしていたけどね。

なんでもそうだよね。シャンプーの試供品でもよかったら買うし、料理の試食もおいしかったら買う。でも、サービスっていうのは意外とタダで受けられることは少ない。なら、そんなのもいいかもしれないねって、そんな話になったんだ。でも、そのときはまだ頭の片隅に留めるだけだったかな。

ふたりで話を進めている間に、資金の目処も立った。いよいよ僕は地元に帰ることになったんだけど、その頃にはもう、僕の中で灯は相談だけの付き合いで終わらせたくない女性になっていたんだよ。

だから地元に戻る前に、時間をつくってね、彼女を呼び出して言ったんだよ。

「……もし店が軌道に乗ったら話したいことがあるから、それまで待っててくれる？」

そうしたら彼女が怒り出しちゃってねえ。

「軌道に乗らなかったらどうするの！」ってね。そのまま号泣しはじめちゃったもんだから、僕は許してくれるまでずっと宥めていた。そのあとだったねえ、「あなたに出会ったのは、運命だって思ったのに……」って言わて、お付き合いがはじまったんだ。

地元に戻ってからは慌ただしかったけれど、同時にわくわくしてもいた。今までは雇われの身だったけれど、これからはちがう。給料が出ない代わりに自分でなにもかも決められるんだと思ったら、不安より先に自然と気持ちが高まったんだよ。

東京で彼女と話し合って決めた店の名前は【coeur brise】。

フランス語で『失恋』って意味だ。

失恋っていうのは悲しい別れじゃなくって、自分が再出発するためにあるんだよとは、彼女が言ったことだったね。

なんとか準備を進めて、チラシを配って、友人知人にダイレクトメールを送っても、開店から二、三日はお客さんは来なかった。立地も悪くないし、宣伝もしたのにどうしたものか。そう思っていた矢先だったかな。ようやく第一号のお客さんとして、さっきの工藤さんが来てくれたんだ。

それからは急なお客さんが飛び込みで来ることが増えて、クチコミでお客さんが増えていった。主婦の口から口へと噂が広がって、一年も経つ頃には、店もようやく軌道に乗ったね。

その頃もまだ、東京の専門学校で月一で講師をさせてもらっていたし、遠距離恋愛でそのときに灯に会っていた。でも、これでようやく地元に呼べるって思ったんだよ。

一年も待たせてしまったから、愛想を尽かされてもしょうがなかった。でも彼女に指輪を差し出してプロポーズした途端、泣きながら、何度も何度も頷いてくれた……。

僕は両親が離婚してしまって、既にどちらも家庭がある身だから帰る場所なんてないし、灯も母子家庭で、その母親も彼女の独立後に再婚してしまったから、帰る場所がない。ふたりで帰る場所をつくることができたっていうのは、本当に巡り合わせがよかったと今でも思うよ。

灯は美容師ではないし、美容院の仕事はしたことはないから、雑用をやってもらうことになっていた。

でも結婚して一緒に店で働きはじめてから、彼女の得意分野がよくわかった。

ときどきうちに、くたくたになってやってくるお客さんがいるんだけれど、そんな人たちの話を聞くのがうまかったんだよ。話をうんうんと言いながら聞くのがね。その人たちの髪を切ってあげたら、そのあとまたやってくるんだよ。灯と話がしたくて、ってね。

不思議だなあって思ったよ。美容院に行くのって、髪を整えたいからだって思っていたのに、話を聞いてほしいから、リピーターになるなんてって。

「〝誰にも言えないけど誰かに言いたいこと〟って誰にでもあって、美容師さんって、それを言える相手なのかもしれないね。私もあなたに話を聞いてもらえて嬉しかったもの」

灯にそう言われたとき、ふと思い浮かんだことを言ってみたんだ。

〝失恋した人にそのエピソードと引き換えに無料で髪を切る〟ってどうだろうって。

普通の店はそんな提案しないだろう。これはいけるんじゃないかって。

彼女に言ってみたら、途端に大笑いされちゃったよ。だからてっきり、反対されたのかと思った。

でも、ひとしきり笑ったあと、灯は「あなたらしい」って言った。

「そうね、私が話を聞いて、港さんが髪を切る……それで元気になれる人、いるんじゃないかしら」ってね。

パンフレットに、こっそりメッセージを隠して、わかる人にはわかるようにして……そういう形で、あのサービスははじまったんだ。

この頃には専門学校の講師の仕事も地元の方でさせてもらえるようになってね、店を切り盛りしながら、生徒たちに技術を教えて、楽しくやっていた。

ふたりだけの店は忙しいだろうって踏んでいたけどね、僕の性には合っていたのか、それを苦しいと思ったことはなかったなあ。

灯もいたし、美容師として人の髪を切る仕事ができる。

大金持ちにならなくってもいい。ふたりで今の生活ができればいい。そう思いながら日々を過ごしていたんだけど。別れは本当に突然だった。


その日、灯が買い物に行っている間、僕は常連のお客さんの髪を切っていた。テレビでやってた芸能人の噂話に相槌を打ったりしながら髪を切って、お客さんを見送っていたところで、電話が入ったんだよ。病院からだった。

灯はひき逃げにあってね。打ち所が悪くて、病院に搬送されたときにはもう手遅れだったそうだ。朝は普通に話をしていたのにね。彼女の口はもうなにも語れなくなってしまったんだよ。

僕はショックで参ってしまった。そして同時に、気づいてしまったんだ。

最初は本当に、ただ髪を切りたいというそれだけだったのに、灯はそれだけでは駄目だと、あれこれと注文をつけた。

お客さんの話に、ただ相槌を打つだけでいい。話を聞いてあげてほしい。喜ぶ髪型を選んであげてほしい。ルーチンワークじゃなく、向きあってほしい。そして失恋した人たちへのサービス……。

彼女が一緒だったから当たり前のようにできていたことが、僕ひとりではきっとできない。でも彼女がいる前の僕にはもう戻れないってことにね。

「君はさ」

火葬場から連れて帰ってきた奥さんは小さく軽くなってしまっていたね。部屋にしつらえた祭壇の、遺影の横にそれを置いて、僕はこれからどうしたらいいんだろうと思ったよ。

「僕をさんざん変えたのに、僕を置いて行ってしまって、どうしてくれるんだい」

悲しみと、これから先の未来が見えなくなってしまって、本当に困ったねえ。

葬儀からの数日をそんな風に過ごして、臨時休業にしていた店も、そろそろ開けないとと思って、行ってみたんだ。

店に着いたら、留守番電話には予約の録音がたくさん入っていたから、その人たちに電話を入れて、臨時休業の謝罪と一緒に新しい予約を取って。

その日はちょうど、天気がぐずついていてね。今日はもうお客さんも来ないだろうし、このまま臨時休業にしておこうか。そんな投げやりなことを考えていたとき。

カラン、と店のドアが鳴って、やって来たのは、傘が壊れたのか、外の雨で全身びしょびしょになった女の子だった。失恋サービスの話を聞いたと言ってね。

僕は慌ててタオルを出してあげて、体が乾くまでいったん待合席に案内して、カプチーノを淹れた。

その子が泣きながら話しはじめたのは、失恋の話。ずっと灯が聞いてあげていた話だったね。その子がポツリポツリ言葉を繋ぐ姿を見て、僕は「ああ……」と思ったよ。

灯がいつもいつも「話を聞いてあげて」と言った意味が、ようやくすとんと胸に響いたように感じたんだね。

その子もただ、自分の傷口を抉(えぐ)って必死で膿(うみ)を出そうとしている最中なんだと。

恋してフラれてしまった空白を、誰かに八つ当たりしたり、食べて憂さを晴らしたり、買い物をして発散したりなんて、誰でもすぐにできる訳ではないんだよ。

ただ独りになりたくないから、話を聞いてくれる人を探すんだよ。そのとき、なるほど、たしかに美容院っていうのはちょうどいいのかもしれないって改めて思えたんだ。

彼女の話を聞いたあと、濡れて震えていたその子もタオルとカプチーノで温まったみたいだったから、髪を洗い、それから切ってあげた。雨がひどいから、整髪料も取れてしまうだろうと、せめてもといい匂いのするワックスを選んで。

店に置いてあった灯の傘を差し出してあげたときにはようやく彼女はうっすらと笑顔を浮かべるまでになって、去っていったよ。

あの子は多分気づかなかっただろうね、彼女の話を聞くことで、僕もずいぶんと救われたっていうのを。

　雨が降ってやんだら、空は洗濯されて綺麗な青空になる。雨上がりの澄んだ空を見上げながら、僕はもうちょっと店を続けようって思ったんだよ。

＊＊＊＊

　ゆらゆらと湯気が漂っている。まだシャンプーの匂いやカラーリングの薬剤の匂いが残る中、カプチーノの白いミルクの泡がぷつんぷつんと潰れてコーヒーに溶け込んでいくのを、あたしはぼんやりと眺めていた。

「……まあ、これが僕の話かなあ……。もったいぶるような話でもなかったし、ただただ長い話だったかもしれない。ごめんね」

　港さんはそう言っていつものように笑うので、あたしはぼんやり頷いた。

　人の話を、ただ相槌を打ちながら聞くだけでも、それは本当に技術の域だ。大概は自分の主張を押しつけて、話の腰を折ったり混ぜっ返したりしちゃうものだもの。

　……本当に、今でも。

　今でも灯さんは港さんの中で生きているんだなあ。女の人は思い出をすべて上書きするようにして、ざっくばらんに過去にしてしまって、男の人は思い出をひとつずつ全部引き出しに入れているって喩えたのは誰だったっけ。

あたしがぐるぐる考えながら膝に視線を落としていると。

「先生は、まだ奥さんのこと、好きなんすねえ」

「え？　うん……」

さらりと蛍くんに振られた言葉に、港さんは一瞬だけ瞬きをしたあと、目を細めて、穏やかに笑った。

「そうだねえ……自分を、すっかり変えられちゃったんだから」

本当に、敵わないなあ。

港さんをすべて変えてしまった人。今の港さんをつくった人に、あたしが敵うはずがない。でも……。

あたしは思わず助けを求めるように蛍くんを仰ぐ。でも、彼はなにも言うことなく、ふいっと視線を逸らしてしまった。

意地悪っ。そう一瞬思ったものの、既に蛍くんにもらっていたアドバイスを思い出した。

「当たって砕けた方が多分お前にはいいんじゃないか？」

……そう、だよな。ちゃんと終わらせないと、ずっと引きずる。

あたしは、港さんの方を見た。いつもの優しい目と視線を交わす。

「あ、あのね、港さん」

あたしの声は、ずいぶんと上擦っていた。

それでも明日はやってくる

普段は気持ちを落ち着けてくれるカプチーノの匂いも、今はあたしを落ち着けるほどの力はない。いつもは聞き流している洋楽のメロディーが、やけに大きく聞こえる。

「どうしたんだい、葵ちゃん」

港さんが不思議そうに首を捻るのを見た。わずかにしゃらんと聞こえるのはチェーンの音。今日も港さんは灯さんとの結婚指輪を胸元に提げているんだ。

今の話を聞いたあとでは、期待できるなにかなんてかけらも見つからないけれど。菫が言う、『世界が変わる』ことを強く求めてるわけじゃないけれど。

黙っているのも苦しかった。こんなの自己満足で、港さんにぶつけていいもんでもないのにね。

「……あたし、ね」

「うん」

「港さんのことがね」

「うん」

蛍くんの表情は今は見えていない。きっといつもの調子で呆れ返った顔をしているんだろうなあと想像してみる。さっきみたいに茶々を入れてこないことだけは感謝している。

あたしはすう……と息を吸うと、握りしめる拳の感覚がなくなるのを感じながら、そっと気持ちを言葉に乗せた。

「好……き、です」

カプチーノを飲んで喉は湿っているはずなのに、出たのはかすっかすに乾いた、なんとも間の抜けた声だった。

あたしのその言葉を聞いて、港さんはちょっとだけ目を丸めて、あたしをまじまじと見た。

「ん、僕。おじさんだよ？」

「港さんのこと、おじさんって思ったことは、ない、です……！」

「そりゃ、まあ……」

港さんは困ったように頬をポリポリ掻きつつ、やがてふんわりと笑った。この人は。困ったと思ってもそんな顔ができる人なんだなあ。いや、知ってた。

「うん、ありがとう。でも」

「……わかってます。あたし、全然、脈はない……っすよね？」

「……ごめんね」

「わかってますよ」

「うん、でも」

胸が痛いなあ……。恋の痛みとか嘆きとか、菫の話を聞いていても本気でわからなかったのに、胸がグシグシと痛むのがわかる。

ああ、あたし失恋したんだな。

ぼんやりしていて、なにも考えていないような頭の中で、それだけがはっきり形になっている。

港さんはそんなあたしに、また笑みを投げかけてくる。

「ありがとう」

失恋したら泣くもんじゃなかったっけ。涙のひとつも浮かべられなかった。

これまでの流れを黙って見守っていた蛍くんが、ひょいとあたしの腕を取る。

「すみません、こいつ、うちの店のサービスに該当しますよね？」

「はあ……っ⁉」

そうだけど。そうなんだけど。どうして今言ってくるのかな。

あたしは思わず蛍くんを睨むけれど、蛍くんはどこ吹く風で、あたしの視線はまるで無視だ。蛍くんの問いに、港さんはふんわりと笑いながら頷く。

「そうだね。……高山くんが髪を切ってから、葵ちゃんの髪もずいぶんと伸びたしね。葵ちゃんがよかったら切るけれど、どうする？」

その港さんの優しい言い方に、あたしは言葉を詰まらせる。

そう、だよなあ……。思えば、港さんに髪を切ってほしくって、この美容院に来たのがはじまりなんだもの。……あたしは、髪を切ってもらう資格を手にしたんだよね。そう思った途端、あたしは首を縦に振っていた。

「……お願いします。髪、切ってください」

「うん、わかった。それじゃあ、シャンプー台においで」

港さんに促されて、あたしはおずおずとシャンプー台へと移動する。そのとき、蛍くんにぼそっと言われる。

「よかったじゃねえか、先生に切ってもらえて」

茶化すような言葉にひと睨みしようと思ったら、意外にも蛍くんが真顔だったのでびっくりした。びっくりして、睨むつもりが照れ笑いのような顔になってしまった。

「……ありがとね」

そう通り過ぎ様に言ったら、途端に蛍くんに目を大きく見開かれてしまった。

ケープを羽織ってシートに座ると、ゆっくりと背もたれが倒される。目を閉じてフェイスガードをかぶせられると、なにも見えないまっ暗な世界。その世界に、港さんのおっとりした声が届く。

「なにかしてみたい髪型はあるかな？」

「えぇっと……」

考えてもいなかったことを聞かれて言葉に詰まる。ふいに、生まれてはじめて美容院に行ったときの記憶がぱっと浮かぶ。雑誌のヘア特集の記事を持っていって「こんな髪型にしたいんです」って、それを言うだけで恥ずかしかったけれど、美容師さんが「はい、わかりました」って答えてくれたときはちょっと誇らしかった。大人扱いされてるようで。

今日はもちろん雑誌なんか持ってきてないし、そもそも今はそんな頼み方しない。前に蛍くんに切ってもらった髪は、すっかりと伸びきってしまって、どこをどう切ってもらったのかわからなくなってしまっている。

考え込んでしまったあたしの髪を、港さんがシャワーで湿らせてくれる。

「お湯加減はこれで大丈夫かい？」

「あ、はい……大丈夫です」

あたしの返事のあと、いったんシャワーを止めてシャンプーを施していく。店内を包み込んでいるハーブの匂いの濃いシャンプーで、ぎゅっぎゅと頭皮マッサージをしてくれる。

それが妙に心地よく、とろりと眠気が襲ってくるけれど、眠ってしまったらしてほしい髪型を伝えられない。シャンプーを流されたあと、トリートメントが髪に塗られているのを感じながら、ようやくあたしは「あの」と口を開く。

「髪型、決まったかい？」

穏やかに港さんが聞いてくれるのが嬉しく、同時に寂しく思う。あたしには聞いてくれないのかな、失恋エピソード。……いや、違うか。港さんはいつだって、お客さんが自分から話してくれない限りは、聞くことはしない。

あたしから言わないと駄目なのか。ぐるんぐるんと溜まった言葉を吐き出すように、あたしは目を閉じたまま口火を切る。

「あたし……本当に、周りの話でお腹いっぱいで、恋愛が自分に降ってくるものだって思ってなかったんです」

「そういう子も多いね。最近はSNSがはやっているせいで、周りに気を遣い過ぎて、自分の言いたいことを無意識に避けてしまう子は多いから」

「気を遣い過ぎとか、そんなこと思ったことないんですけどね……」

港さんが優しく相槌を打ってくれている姿を想像してみる。いつも見ていたやつ。それからまた、思い返してみる。

ここに来たのだって、本当にひどい理由だったもんね。お小遣いがないから、タダで髪を切ってくれるんだったらラッキーだなって。

その間も港さんの手は優しくあたしの髪をマッサージしてくれている。指圧の感覚に身を任せながら、あたしは言葉を続ける。

「本当にここに来た動機は不純でした。そりゃもう蛍くんに怒られても仕方ないくらいに」

「ごめんね、怖がらせて」

「いーえ、今なら怒られてもしょうがないってわかりますもん。それって、港さんや蛍くんに失礼なだけじゃなくって、ここのサービスを必要としてるお客さんに対しても失礼だもの」

最初に見たお客さんは、相手のことが嫌いで別れた訳じゃなかった。いや、どのお客さんも、好きや嫌いや、別れた事情だけが問題だったわけじゃない。

普通に生きていたら、『仕方ない』『しょうがない』って言葉で折り畳んでしまわないといけない自分の気持ちを、そのままにしたくなかったんだろうなって、今だからわかる。

それに、そんなお客さんたちの避難場所をつくりたかった灯さんに対して、あまりにも失礼だってことも、今ならわかる。

「最初は、自分でも自覚なかったんです……でも。港さんの指輪に気づいて、指輪の話を知りたいって思ったときには、きっと手遅れだったんだと思います」

好きだけれど、どうすればいいのかわからない。迷惑になりたくない。付き合いたいとか、そんな大それたことは思っていない。結婚だってあたしにとっては遠い話だもの。

言わないでいたらいつかは思い出になるのかもしれないけれど、あたしはこの気持ちをただの思い出になんてしたくなかったんだ。

……なんて、港さんと話しながらじゃないと、きっと今も、自分の気持ちだってまとまらなかった。

「本当に……あたしにとって、ここに通うっていうのは、学校と家を往復してたらまず気づかないような世界を教えてもらうことだって、思ってたんです。この店が好きです。この店の空気が好きです……この店の色を作った、港さんが大好きなんです」

さっきも告白したっていうのに、その言葉はするすると出てきてしまった。

港さんはあたしの髪を指で梳いて、シャワーでトリートメントを落としつつ、穏やかに言う。

「うん、ありがとう」

「……はい」

その言葉だけで、十分だった。

菫だったら「不毛だよね」って笑うかな。

蛍くんは今、いつもの呆れかえった顔を浮かべてるかもしれない。

けれど、あたしにとっては本当に恋だったの。

この店に恋してしまったんだったら、その時点でもうあたしの失恋は確定してたんだ。

この店は、港さんと灯さんがつくったものなんだから。

シートを元に戻され、頭にタオルを乗せられると、そこから再び指圧され、「席を移動します」と優しくエスコートされる。港さんの背中を見ながら移動するとき、蛍くんとすれ違う。なんとも言えない顔をして、立てたモップの柄にあごを乗せていた。

「なによー、人の一世一代の告白を立ち聞きしといて、そんな顔するのよー」

気恥ずかしさに、おどけたような声をかけてみると、蛍くんは「ああ、悪ぃ」と返事をしてくる。

「お前、俺が思ってるよりいろいろ考えてたんだな」

「本当に失礼だよねっ!?」

ここは失恋した痛手を慰める場面ではないのかな。そう思ったけれど、蛍くんが優しかったらこっちも気持ち悪いから、まあいいや。

席についたら、マイナスイオンを出す機械を当てられながら、ドライヤーをかけられる。水気を飛ばして何度も何度も頭を撫でられたら、たちまちつやつやの髪のできあがりだ。

自分でもドライヤーは使うけれど、どうにも美容院でやったような手触りのいい髪にはならない。

「髪型、決まったかな?」

「ええっと、ですね……」

港さんにセミロングの髪をといてもらいながら、あたしはようやく髪型を決めた。

失恋したからって意味じゃないけれど、ひと区切りをつけるために、ばっさりと切ってもらおう。

「……ボブでお願いします。ばっさり。髪の色は……うーんと、夏休みですけど、このままで」

「そっか。それじゃあ切るよ」

「お願いします」

何度も櫛を通された髪に、港さんはハサミを入れる。

失恋って変なものだな。もっと苦しいものかと思ったけれどそうでもないし。もっと世界が終わるほどの衝撃が来るのかと身構えていたけれど、そんなこともない。ただ、寂しい寂しいって感情だけが付きまとう。

でも不思議。チョキンチョキンという音を耳にして、床にどんどん髪が散らばっていったら、それだけ胸のつかえが取れていくような気がする。

悲しいっていうより、寂しいって思うのは変なのかな。港さんは今でも灯さんが一番大事で、あたしは年の離れた妹くらいの感覚がせいぜいってとこだろうって、最初から知ってた。でも、好きだったたっていう感情がなくなってしまうのは、やっぱり寂しいなあと思ってしまう。

ああ、そっか。これがあたしにとっての失恋だったんだなあ……。

チョキンチョキンという音が響くたびに、あたしの頭は軽くなる。

肩まであった髪はみるみる短くなって、内側も梳いてもらったから、夏にちょうどいいくらいに涼しげになってきた。ある程度髪を切り揃えたあと、港さんはあたしに鏡を見せてくれた。

蛍くんの腕だって、あたしが切るよりも遥かにうまかった。でも、港さんの腕には及ばない。優しい雰囲気のボブカットになった自分に、思わず見惚れる。

「結構切ったけれど、これで大丈夫かな？」

「わあ……」

ケープから手を出して、頭の裏をぺちぺちと触ってみる。うなじが出ている。思っていたより明るい雰囲気に見えるのが嬉しい。

「ありがとうございます……！　すごい可愛い……！」

「うん、よかった。葵ちゃんは、もう大丈夫かな？」

「ええっと？」

「話。まだ言いたいことがあるんだったら、全部聞くよ？」

「ああ……」

胸が苦しくなるし、切ないものが込みあげてくる。

港さんはずるいなあと、全然悪くないのに八つ当たりしたくなってしまうのを、ぐっと堪えた。港さんは、港さんに対して失恋した相手であっても、全部聞けちゃう人なんだなあ……。

全員に平等っていうのは、全員同じで特別な人がいないっていうことでもある。

もう港さんにとっての特別にはなれないんだなあと思い知ってしまった。だからあとは全部あたしの中に収めておこう。そう思った。

「もう、大丈夫です。あたしは」

「そう？　それならよかったんだけれど」

そうほっとした顔の港さんにブラシで細かい髪を落としてもらって、あたしは立ちあがった。落ち込んでいた胸のつかえが取れて、ちょっとだけすっとしたような気分。

あたしたちのやりとりを、蛍くんは相変わらずむっつりとした顔をして聞いていたけれど、すぐに床ホウキで髪を片付けにきた。あたしのぱらぱらと散らばった髪を集めていく。

「あの、あたし」

「うん？」

港さんはあたしの言葉に振り返ると、相変わらず穏やかな表情を浮かべたまま、じっとあたしを見てくれた。迷惑に思ってくれたらいいのに、港さんは多分そんなこと、微塵も考えていない。

それが多分、脈なんてまったくないってことなんだろうなあと思う。多分、もう少し時間が経てば、全部あの頃は若かったねっていう思い出になるのかもしれない。

けれどそれをしてしまうのは、寂しいなあと思う。だからあたしは港さんにこう言った。

それはもしかしたら、告白よりも大きな勇気だったかもしれない。

「また遊びに来てもいいですか？」

「そりゃあ、もちろん。葵ちゃんがここを面白いって思ってくれているうちは、いつだって大歓迎」

「わあ……ありがとうございます……！」

そのひと言にほっとする。

それでいい。それがいい。あたしは港さんに満面の笑みを返す。港さんは相変わらず穏やかに目を細める。ところがあたしの頭は、誰かにペチンとはたかれた。掃除はさっさと終わらせてしまったみたいだ。もう床はピカピカになっている。

蛍くんってば、本当に人の扱いが雑だなあ……!?

「ちょ、なにすんのよ……！」

「はいはい、それじゃ、今日はお代は結構ですから、お帰りはあちらになりまーす」

「……本当に、ひっどいな」

こちらの文句はまるっと無視して、蛍くんは港さんの方を仰ぐ。

「先生、俺、こいつ送っていってもいいですか？」

「うん。いいよ。まだ混む時間までは少しあるしねえ。掃除も、終わったみたいだしね」

「ありがとうございます。おい、行くぞ」

「本当に、蛍くんってあたしの話を聞かないなあ……!?」

蛍くんの強引さに思わずムッと頬を膨らませつつ、あたしはあとをついていく。

外に出れば、潮の匂い。肌にまとわりつく潮風は今日もじんわりと汗を呼び起こしてくれる。

この様子じゃ、今週も快晴が続くんだろうなあ。

＊＊＊＊

カランと音を立ててドアが開き、潮風がすっと吹き込んだが、それも一瞬。

ぎゃーぎゃーと言いあいながら、若いふたりが出て行ったあとは、ただ空調の音と有線から流れる音楽だけが残された。

港はカプチーノを飲みながら、微笑んでふたりの後ろ姿を見送っていた。

形はちがうし、目指す場所も性格ももちろんちがう。それでも何故だか自分の若い頃を、ふたりに重ねて思い出していた。

高山は不器用が過ぎて、雑な扱いでしか葵を慰めることができないというのは見ていてもわかる。

葵からしてみれば嫌がらせされているようにしか思えないだろうが、葵もまた、彼のことは憎からず思っているんだろうとは感じている。

何故葵が自分を好きだなんて思ったのかは、やっぱり港にはわからなかった。

学生時代を思い返せば、大人だからという理由で、ませた女子生徒が教師に熱をあげているのを見たような気はするが、葵はそんなタイプではないだろうに。情けないおじさんなのにねと、港は自然と肩を竦めてしまう。

けれど。恋なんて所詮するものではなくて、落ちるもの。

自覚症状がなにひとつないふたりを取りもつような真似をすれば、余計にこじれるだろうことは目に見えているから、こうして見守ること以外なにもできない。

「でも、若さなんていうのはあっという間だからねえ……」

幸運の女神には、前髪しかないのだという。

運命だと思った相手……それこそ、恋人でなくてもいい、友人、恩人、ビジネスパートナー……そんな人と巡りあえた幸運だって、さっさと手を摑んで離さないようにしなければ、簡単に取りこぼしてしまうものだ。

若さにかまけて取りこぼさないように。それくらいは、口を差し挟んでも大丈夫だろうか、それも余計なお世話なんだろうか。

港はそう思いながら、マグカップに口をつけた。泡がぷちんぷちんと潰れる。

カウンターで電話が鳴った。もうしばらくしたら次の客がやって来るだろう。そう思いながら、港は電話に手を伸ばした。

＊＊＊＊

空はまっ青。入道雲がソフトクリームのようで、その下をあたしは蛍くんに送られていた。あたしの格好を理由に、今日もまたバイクには乗せてくれず、ふたりして徒歩だ。

蝉がばさりと羽音を響かせて飛び立つのを目にしつつ、あたしはちらりと蛍くんを見る。

「まっ昼間なんだし、ひとりで帰れるよ。いつもひとりで帰ってるじゃない」

「いや。お前、本当に先生のことは……」

「……うん。あたしは、港さんのこと好きだよ。世界が変わった気はしなかったけどねえ、でもすっきりした」

「……なんだそりゃ」

「恋して、告白したら世界が変わるっていう話」

「……あの恋愛脳の子の哲学か」

「うん。〝見てるだけって格好悪いよ〟ってしかられてたの」

「なんだそりゃ」

　菫みたいに、はい次っていう風にはいかないけれど。はじめてお客さんになれてよかったなあ。歩くたびに頬を掠めるボブカットの肌触りを楽しみながらそう思う。

　まだまだ沈む気配のない、照りつける太陽が高く浮かぶ空を眺めながら、あたしは後ろ手を組んで歩く。

「……思ったんだ」

「なんだよ」

「蛍くんはなんで美容師目指したの。港さんは髪に触るのが好きだって言ってたけど」

「はあ？　まあ、家業をいずれ継ぐからな。それに家にチビがいるから、節約も兼ねて俺が切ってたしなあ」

「え、美容院やってたんだ。チビって……妹や弟？」

「おう」

「ふうん……なんかいいね。やっぱり、いい」

「わっけわかんないなあ。感覚だけで話されてもさっぱりわからん」

「菫の言ったことを全部理解できた訳じゃないけれど、恋ってやっぱりいいなあって思ったの」

「……それ、自分の？」

「うーんと、恋する当事者もだけど、それを見守るっていうのも、話を聞くのも。そんな言い方したら、覗きみたいで下世話なのかもだけど、港さんの美容院みたいな場所って、やっぱり必要だなあって思ったの」

溜まった膿を出せる場所って、必要なんじゃないかなあと思う。話しやすい場所で、聞いてくれる人がいて話せるっていうのが、やっぱりいい。

それに、髪を切ってもらうのって、すごくいい。シャンプーの香りとか、整髪剤の匂いで、自然と気持ちの切り替えができるんだ。

「やっぱりあたし、港さんの店、好きだよ」

「……お前、先生と話してたときもずっとそればっか」

蛍くんは相変わらずのぶっきらぼうな返事をしつつ、ガリガリと頭を掻いた。けれど、言葉とは裏腹に、蛍くんの表情はひどく優しいものだった。

「まあ……先生がどうしてそんなことしているのかは、今日ようやくわかったような気はするけど」

「あれ、蛍くんは港さんの店のサービス、やっぱり儲からないって思ってたんだ」

「うるせえ……だって、先生の腕は小さな店で細々やるにはもったいないくらいなのに、それを価値もわからずタダで切ってもらってる奴らを見てたら面白くないだろ」

「ん、そうだねえ……」

もし東京に残っていたら、港さんは美容師を辞めて経営の仕事をしていたかもしれない。もし奥さんに会えなかったら、多分今の店のサービスだって生まれなかったかもしれない。

なにがよかったのかなんて、全然わからないけどね。

　蛍くんもまた空を睨みつつ、続ける。

「……まあ、浮かない顔してる奴の気が晴れるっていうのを、本当に間近で見たらな。多分、先生が奥さんの髪をはじめて切ったときもそうだったんだろうなと思ったんだよ」

「ふうん」

「なんだよ、その反応は」

「いや、蛍くんって本当に港さんが好きだよなあと思って」

「なんだよ、悪いかよ。そりゃ尊敬しているし」

　蛍くんの言葉を聞きながら、あたしたちは大通りに出た。ここの信号を渡ってしまえば、うちのマンションまですぐだ。

「それじゃあ、ここでいいよ。蛍くん。ありがとうね」

「おう。またな」

「うん。それじゃあね」

　信号がぽんっと青に変わるのを見計らって、あたしは蛍くんに手を振った。

エピローグ　～夏の向こう側～

夏休みの宿題もあらかた終わった。

残りは読書感想文と、結局残った自由研究。自由研究は女子力の見本市みたいに、皆が皆こぞってレース編みのカーディガンだったり手作りの鞄だったりを出すからやっぱり苦手だ。

今年も菫とふたりで、「どうしようどうしよう」と言い合っていたとき、菫が言い出したレジンのアクセサリー。

それで今日、こうして菫の家に一〇〇均ショップの手作りコーナーのビーズやらマニキュアやらを持ち込んで、ふたりでつくっているところだ。

最近はビーズアクセサリー以外のアクセサリーも一〇〇均ショップで材料が揃うんだね。全然知らなかった。菫は普段から安い文房具ばっかり買って節約して、恋とバンドにお金かけてるからよく知ってるなあとひたすら感心しつつ、材料を並べて作業をする。

「そういえばさあ、葵は結局、店長さんに告白したの？」

「うん、したよー。玉砕したけどねえ」

「だろうねー」

「だろうねって、ひどいなあ」

プレートにペタペタとマニキュアを塗りつつ、あたしはぶーっと膨れる。

マニキュアを丁寧に塗り、そのうえにスマホカバーのデコアイテムやらビーズやらを載せて、レジン樹脂で固める。たったそれだけの作業だけれど、シンナーっぽい臭いは充満するし、固まるまで自分のイメージ通りのものができあがるかはわからないしで、ちょっと苦行っぽい。

菫は慣れた手つきで群青色にマニキュアのラメを散らして、宇宙っぽい綺麗なチャームを作っているのに対して、あたしは海っぽい雰囲気で塗りたいのに、なかなかそれらしい雰囲気にならない。

何度も何度も塗り直して、ようやくどうにか様になってきた。

「私は、葵はあのバイトのお兄さんと付き合うのかと思ったけどねえ」

「えー……」

「えーって、そんなに嫌か」

「嫌だよ。先輩としてはいいけど、あの人と付き合うとかは、ないね。だってあの人、人の扱いが雑なんだもん。あー、思えば最初からそうだった！」

「えー……」

「なんでそこで〝えー〟なのよ」

レジンを固めている間、作業テーブルからいったん離れて、ふたりで買ってきたアイスキャンディを頬張る。ソーダ味がじゅわっと広がるキャンディを頬張っていたら、同じアイスを齧りつつ、菫は頬をぷっくりと膨らませる。

「初対面の女子を雑に扱うって、女子に慣れてないタイプの男子は、逆にそんなんできないもんなんだよ」

「菫って、耳年増だよね」

「ちがうちがう。経験則だよ」

「むう……」

菫の輝かしい男遍歴を知っているあたしは、それを言われてしまうとぐうの音も出ない。

シャクッとキャンディを齧りつつ、菫は棒を眺める。ハズレらしい。

「普通、他人に嫌われてもいいって人はそんなにいないよ。誰だって好かれたい。でも、好かれたいっていうのは反対に考えたら、嫌われたくないっていうのを第一優先に動くってことじゃん。でも相手のことがその他大勢じゃなくなったら、真逆の行動を取るんだよねえ、不思議と」

「なにそれ。好かれたいのに、嫌われるような行動を取るって、意味がわかんないんだけど」

ドラマや少女マンガで見る『俺様キャラ』って、あたしにはわがままでかかわりたくないタイプにしか見えないよ、とジト目で菫を見つつ、アイスを齧って、ようやく棒だけになったのを覗く。

「あ、当たり」

「おお、もう一本！　……うん、気を引くのに、手段を選ばなくなるんだよね」

「そんなものなの？」

「これも私の経験則だけどね。まあどっちに転んでも特別な人には、だいたいは他の人と同じ扱いはしないってことかな」

「ふうん……」

蛍くんのこと、嫌いではない、でも。

自分の気持ちがわからないうちに、外堀を埋められてしまうのは、嫌だなあ。

あたしはそう思いつつ、話題を替えようと、天井を見上げる。菫は恋バナになった途端に饒舌になって周りを黙らせてしまうからなあ……。

「あたしね、ずっと進路どうしようって思ってたけど」

「大学行くんでしょ？」

「最初はそのつもりだったんだけどね。やりたいことないし、大学卒業したら、普通に会社勤めだろうなあと思ってたけど。今はやってみたいこと見つけたから、それに悩んでる。まずは親を説得しないとだけどねえ」

「ふうん、なに？」

菫は「ゴミ箱そっちね」と指差してくれたので、パッケージをひとまず捨てる。そして当たり棒はどこで替えてもらえるかなあと考えつつ。

「美容師になりたいなあって思ったの」

「ふうん……それって、あの店長さんみたいになりたいっていうこと？」

なんとなく察してたのか、菫は驚きもしない。

「うん。慈善事業じゃ食べていけないと思うけどね。それに、馬鹿にせず、意見せず、ただ聞いているだけっていうのも、やっぱり技術だと思うから簡単じゃないだろうし。ましてやそのあとに綺麗な髪にしてもらって気分転換したいと思ってる相手に、それをしてあげるだけの腕前がなかったら無理な話なんだから、難しいとは思うんだけどさあ……」

「ふうん……でもそれってさあ。美容師である必要ってあるの？」

お客としてサービスを利用しなかったら、多分あたしだってそう思っていただろう。

「多分、気分転換ってだけだったらメイクアップ・アーティストとかアパレルの店員とか、そもそもカウンセラーとかいろいろあるとは思うけどね。あたしは、まあ……」

「そういえば葵。その髪、店長さんにやってもらったの？」

「うん、やってもらったの。いいでしょー」

「すごいよねえ、本当にあの店」

そう。あたしは頷いて、港さんに切ってもらった髪を揺らしながら、言葉を続ける。

「あたしが〝いいな〟って思ったのは、やっぱり失恋したら髪をタダで切ってくれるっていうのだから。ヤケ食いとか買い物で憂さを晴らせるような人だったらともかく、皆が皆、そうできる訳じゃないと思うの。だからそのお手伝いができたらいいなと思ったの。ふわっふわし過ぎだとは思うけどねえ」

相談に乗るのでもなく、慰めるんでもなくて、綺麗にしてあげることで誰かを励ます。大切な想いをなくした経験だって、意味も価値もあるんだって証が、タダってことなんだよね。少なくとも、あたしはそう感じたもの。

「ふうん……まあ、葵がやってみたいって言うんだったらいいいんじゃないの。まずは美容師になりたいってところから、親を説得だねえ」

「うん……第一関門が、そこだよね」

まだふわふわとしているから、具体的にしていかないと駄目なんだろうけれど。

菫とふたりで作業台に戻ってみたら、どうにか樹脂は固まってくれていた。

綺麗に海の色になってくれたのにほっとしつつ、用意してあったネイルチャームをぺとんと乗せる。一〇〇均ショップで見つけた、白い家型のチャーム。そこに樹脂を流して固めたら完成だ。

「それって、あの店?」

「うん。そのイメージ……って、わかった?」

「うんわかるわかる。なんというか、葵ってわかりやすいよねえ」

「なにそれ!?」

ふたりでギャーギャーとしゃべっている間も、夏の日差しは情け容赦なく降り注いで、窓縁を照らしていた。

夕方、菫の家から帰る途中、一緒に作ったレジンアクセサリーはひとまず鞄の中に入れておいて、本屋さんに寄った。

本屋さんっていうのは不思議な場所だなと思う。興味がない本は全然目に入らないクセに、興味を持った本は自然と光って見えるから。

美容師になるための方法ってどうやって探せばいいんだろうと思って、ひとまずビジネスコーナーの棚に、小学生向けの職業ガイドの本を見つけて、美容師の項目をペラペラとめくる。

港さんは専門学校に行ったと言っていた。見てみれば、美容師の学校を卒業したうえで、国家試験に通らないといけないと書いてある。ああ、そっか。お医者さんも医師免許が必要だもんね、美容師も同じなんだな。

次に美容師の専門学校についても調べてみる。普通の高校にも夜間学校や通信制学校が存在するように、美容師の学校にもそれらが存在するのがわかった。そういえば、蛍くんは夜学だって言ってたっけ。

他にも学費や入学費用を調べてから、あたしは専門学校の情報誌を一冊手に取って、レジに向かった。

「あ」

「あっ」

レジの前で鉢合わせたのは、港さんだった。

港さんはあたしの持っている本を見て、目を細めて笑う。港さんが持っているのは、たくさんの女性誌。多分、流行のチェックだろうなあ。美容師っていうのは大変だ。

会計が済み、揃って本屋さんを出る。港さんはにこやかに声をかけてくれる。

「やあ、葵ちゃん。それは？」

「うんと、親の説得材料と、あたしなりにやりたいこと、まとめようと思いまして」

「そっか。葵ちゃんもそろそろ進路を考える時期なんだねえ……」

「受験自体は再来年ですけどねえ」

店員さんがビニール袋に入れてくれた本をぶら提げて歩く。港さんは店に戻るところだったらしい。

「やりたいことがいっぱいあって、どうしようと悩んでたんです」

「そうだね、やりたいことが一番多い時期だから」

実際はやりたいことがなさ過ぎて、とりあえず大学受験しようとしていた、いい加減なものなんだけれど。自然と見栄を張ってしまいつつ、話を続ける。

「あたし、美容師を目指そうと思うんです。大学のお金は親が出してくれると思いますけど、だとしたら専門学校のお金はあたしが出さないとだから、まずはバイト代貯めるところからですけど」

「専門学校だけじゃないんだね」

「うーんと、いろいろ勉強した方がいいと思ったんで。だから大学も美容学校も両方行け

れば な、って」

あたしは、知らないことが多過ぎるなと思ってしまったから。

港さんの微笑んだ横顔を見つめる。あたしにとって、恋っていうのはあまりにもふわふわし過ぎて、思っているだけで幸せっていうのは、フラれてからでも持続している。

幸せで、もう手が届かないけれど、これもまた大切な感情だ。

こうして知らないことを知っていった方がずっといいと思ってしまったから。

「多分、知らないことを知った方がいいって、【coeur brise】に行かなかったらわかんなかったんですもん。だから」

あたしは、また港さんを見上げて笑った。

「ありがとうございます、本当に。港さんのお店に行って、よかったです」

失恋したら、その話と引き換えに、タダで髪を切ってくれるっていう店。

店長さんの腕は超一流。いろんな人たちがその店にやってきては、笑顔で去っていく。

その店から手渡されるお土産が、笑顔なんだと、あたしはそう思うんだ。

〈了〉

あとがき

「失恋したら髪を切ってくれる美容院っていいよね」

前後の話はまったく聞いてなくて、ただそのひと言だけを耳にしました。本当にたまたま買い物で通り過ぎた先で、女の子たちがそんなことをしゃべっていたのです。

よく「失恋したら髪を切る」っていうけれど、そういえば実例を見たことないなと、頭の片隅にとどめていたら、普段お世話になっている小説投稿サイト『小説家になろう』で新しい公募を発見しました。

失恋したら、そのエピソードと引き換えに無償で髪を切ってくれる美容院。そんな店を営むお人よしな店長が浮かび、人がいい店長にツッコミを入れるドライなバイトくんが浮かび、物語の語り手になる大らかな女子高生が浮かんできたら、なんとなく話の概要ができあがりました。タイトルも『失恋美容院』と、当時はなんのひねりもないものをつけました。

本当に「なんとなく」で書きあがった話が『第二回お仕事小説コン』にて、特別賞をいただき、『サヨナラ坂の美容院』と改題し、大幅改稿を経て、書籍化という道を辿りました。

今振り返っても、本当にたまたま女の子たちの話を耳にしていなかったら、聞いた話を覚えていなかったら、ここまでには至らなかったでしょう。本当に不思議なご縁でした。

本作を見つけてくださった水野さんおよびマイナビ出版の皆さん。本作すべてをチェックした上で本当に丁寧な改稿指導をしてくださった編集の鈴木さん。息を呑むほど素敵な表紙を描いてくださった米田絵理さん。WEB公開中に感想やメッセージをくださった皆さん。その他本作に関わってくださったすべての皆さん。本当にありがとうございました。

それでは、またどこかでお会いできましたら幸いです。

いつかどこかで、その話をしていた女の子たちの手元にこの本が届くといいなと思いながら。

石田空

この物語はフィクションです。
実在の人物、団体等とは一切関係がありません。
刊行にあたり『第2回お仕事小説コン』特別賞受賞作品、
『失恋美容院』を改題・加筆修正しました。

■主な参考文献
『心理療法という謎』山竹伸二・著（河出書房新社）

石田空先生へのファンレターの宛先

〒101-0003　東京都千代田区一ツ橋2-6-3　一ツ橋ビル2F
マイナビ出版　ファン文庫編集部
「石田空先生」係

サヨナラ坂の美容院

2017年5月20日　初版第1刷発行

著　者　石田空
発行者　滝口直樹
編　集　水野亜里沙（株式会社マイナビ出版）　鈴木洋名（株式会社パルプライド）
発行所　株式会社マイナビ出版
〒101-0003　東京都千代田区一ツ橋2丁目6番3号　一ツ橋ビル2F
TEL 0480-38-6872（注文専用ダイヤル）
TEL 03-3556-2731（販売部）
TEL 03-3556-2736（編集部）
URL　http://book.mynavi.jp/

イラスト　米田絵理
装　幀　坂野公一＋吉田友美（Welledesign）
フォーマット　ベイブリッジ・スタジオ
DTP　株式会社エストール
印刷・製本　図書印刷株式会社

●定価はカバーに記載してあります。●乱丁・落丁についてのお問い合わせは、
注文専用ダイヤル（0480-38-6872）、電子メール（sas@mynavi.jp）までお願いいたします。
 ISBN978-4-8399-6149-7
Printed in Japan

Fan
ファン文庫

質屋からすのワケアリ帳簿
～シンデレラと死を呼ぶ靴～

著者／南潔
イラスト／冬臣

「僕はね、コレクションを奪われるのが大嫌いなんだ」

他人の不幸や欲望にまみれた品を買い取る『質屋からす』。店主・烏島が預かった赤い靴に宿る哀しい秘密は…。ダークミステリー、待望のシリーズ化！

Fan
ファン文庫

喫茶『猫の木』の日常。
～猫マスターと初恋レモネード～

著者／植原翠
イラスト／usi

喫茶店にいたのは…猫頭店主!?
一風変わった猫まみれストーリー♪

静岡県の海辺、あさぎ町には世にも不思議なレトロ喫茶店『猫の木』があって…。小説投稿サイト「エブリスタ」の大人気作、待望のシリーズ化。